TOUS LES MATINS
JE ME LÈVE

Jean-Paul Dubois est né en 1950 à Toulouse, où il vit actuellement. Auteur de nombreux romans (*Je pense à autre chose, Si ce livre pouvait me rapprocher de toi*), d'un essai (*Éloge du gaucher*) et de récits de voyage (*L'Amérique m'inquiète*), il a obtenu le prix France Télévision pour *Kennedy et Moi* (Le Seuil, 1996) et le prix Femina pour *Une vie française* (L'Olivier, 2004). Il est journaliste-reporter au *Nouvel Observateur*.

Jean-Paul Dubois

TOUS LES MATINS JE ME LÈVE

ROMAN

Robert Laffont

TEXTE INTÉGRAL

ISBN 978-2-02-023738-3
(ISBN 2-221-05644-2, 1re publication)

© Éditions de l'Olivier/Le Seuil,
2006 pour la présente édition

La première édition de cet ouvrage
a paru aux éditions Robert Laffont en 1988.

Le Code de la propriété intellectuelle interdit les copies ou reproductions destinées à une utilisation collective. Toute représentation ou reproduction intégrale ou partielle faite par quelque procédé que ce soit, sans le consentement de l'auteur ou de ses ayants cause, est illicite et constitue une contrefaçon sanctionnée par les articles L.335-2 et suivants du Code de la propriété intellectuelle.

A Clarisse et Raoul.

*Merci à David, Dominique,
Jean-Baptiste, Michel,
Pierre et Roland.
Merci à Geneviève, Claire et Didier.*

Si on avait une perception infaillible de ce qu'on est, on aurait tout juste encore le courage de se coucher, mais certainement pas celui de se lever.

É.-M. Cioran

Un

La jauge était presque à zéro. Je décidai quand même d'arriver chez moi avec ce qui me restait dans le réservoir. Je savais que l'aiguille me volait toujours un peu de jus. J'étais sûr qu'une fois de plus elle allait essayer de me rouler. Je venais de faire trois cents kilomètres sur la côte. Le soleil chauffait comme une lampe à souder. Au volant de ma voiture, j'avais l'impression d'aller juste un petit peu plus vite que la vie.

Cette voiture, je l'aimais. Ça faisait cinq ans que je l'avais. C'était une Karmann cabriolet qu'un type m'avait vendue pour quelques billets. Elle ne ressemblait à rien. Elle me ressemblait. Dès qu'on était ensemble, les choses devenaient simples. Je tournais la clef et j'entendais aussitôt le bruit des gaz dans les deux tuyères d'échappement. On aurait presque dit le sifflement d'une cocotte minute. Elle n'allait pas très vite, mais quand j'enlevais la toile, quand le vent s'agrippait à mes cheveux et que l'air brûlant me grattait le cou, je pensais que j'étais un type qui avait une vie formidable.

J'étais maintenant à deux pas de chez moi. Je connaissais tous les détails de l'avenue, la marque des voitures garées devant les maisons, la disposition des arbres dans les jardins, et même leur essence. J'aurais presque pu arriver dans mon garage en fermant les yeux.

Et c'est là que le type a débouché, même pas vite. Il a débouché comme quelqu'un qui sort de chez lui. J'ai mis un coup de frein à casser la pédale, j'ai tiré sur le volant comme si c'étaient les rênes d'un cheval, la Karmann a poussé un cri dégueulasse et j'ai fermé les yeux. Quand je les ai rouverts, j'entendais les gens qui disaient : « Il bouge. » De là où j'étais, je pouvais voir les clefs sur le tableau de bord. Elles étaient bien en place. J'avais une main sur la pédale de frein et la tête coincée près de la boîte à gants. Je n'avais pas mal, mais je n'arrivais pas à bouger. J'étais pris dans la tôle, tordu dans une position ridicule. Au bout d'un moment, j'ai essayé de me sortir de là. Au-dessus, un homme qui avait une tête d'assureur et une large cravate me hurlait dans les oreilles de ne rien faire, d'attendre les secours : « Tout va bien se passer. Surtout ce qu'il faut, c'est rester calme. » Il criait ça en articulant bien, comme s'il avait affaire à un sourd.

Malgré ma position j'essayais de deviner à quoi pouvait bien ressembler ma voiture en ce moment. J'avais hâte de la voir. L'impatience m'a redonné de la vigueur. En m'extrayant des tôles, je me suis écorché la jambe contre un bout de ferraille. Me voyant me déplier ainsi, avec une tache de sang sur le pantalon, une femme dit : « Mon

je me lève

Dieu il saigne, faites quelque chose, il faut faire quelque chose, aidez-le. » Maintenant, j'étais à quatre pattes au chevet de la Karmann. Elle ne respirait plus. Elle avait les phares tournés vers le ciel. C'était fini. Elle avait été tuée sur le coup. Je m'accrochais à son aile, j'étais à genoux et je m'accrochais. Je m'en voulais d'être vivant. Je pleurais sur les restes de son museau.

Les gens disaient : « Laissez-lui de l'air, laissez-le respirer, vous voyez bien qu'il est choqué. » Des types en blouse blanche sont arrivés. Ils m'ont soulevé de terre, couché sur une civière et enfilé sans précaution une aiguille dans le bras. En m'éloignant, sur le brancard, j'essayais de voir ses yeux une dernière fois.

A l'hôpital, Anna, ma femme, et mes enfants sont venus me voir. Je les reconnaissais tous. Les médecins avaient l'air de trouver ça plutôt réconfortant. C'était ma famille. Il n'aurait plus manqué que ça que je ne les reconnaisse pas. J'ai dit à Anna que plus jamais je ne reconduirai, que désormais j'irai à pied, ou à la rigueur à vélo, ou encore que j'emprunterai les transports en commun mais qu'en tout cas je ne remonterai plus jamais dans une voiture.

Un type à l'air désagréable est venu désinfecter ma jambe. Il faisait preuve d'une incroyable brutalité. Il enfonçait carrément ses outils dans mes plaies. Je lui ai demandé s'il ne pouvait pas arriver au même résultat en faisant preuve d'un peu plus de douceur. Il a grogné : « Faut qu'je vous recouse. » Je l'ai vu sortir une aiguille recourbée et il a commencé à broder dans mes chairs. Je n'en pouvais plus, j'avais un mal de chien. Il disait à ma femme : « C't'un douillet, j'ai tout de suite vu que c'tait un douillet. » Quand la douleur est vraiment devenue insupportable, je me suis mis à gueuler en gesticulant. Le gars a abandonné son travail pour demander de l'aide.

Une infirmière dont la peau ressemblait à une biscotte est entrée et m'en a collé une bonne dose dans le bras. Elle a dit : « Il se tiendra tranquille maintenant. » J'ai vu l'apprenti revenir vers moi avec son aiguille. Il m'a empoigné la jambe et a fini de me recoudre sans se gêner. Le lendemain, je quittais l'hôpital aux aurores. Anna était venue me chercher avec son auto. Je lui ai demandé de me conduire au cimetière des voitures où la dépanneuse avait embarqué la Karmann. En chemin, nous n'avons pas échangé une parole. Quand nous sommes arrivés à la casse, ça puait la mort, la rouille et la vieille huile. J'ai demandé au propriétaire de me conduire à ma voiture. Il m'a examiné avec distraction et a dit : « Faudra pas oublier de payer le transport. »

Elle était au bout de l'allée, couchée parmi d'autres cadavres. On aurait vraiment dit une fosse commune. J'ai mis ma main sur un morceau de son aile. Elle était froide comme la porte d'un réfrigérateur. Sa carcasse ne ressemblait plus à rien. J'ai demandé au ferrailleur de me démonter le volant ainsi que le sigle chromé qui était fixé à l'arrière. Il a répété : « Faudra pas oublier de payer le transport. » En rentrant à la maison, ma femme conduisait pendant que je serrais l'emblème entre mes doigts et que je sanglotais sur mon volant.

je me lève

Sur l'avenue qui menait chez nous, je regardai machinalement le parc des occasions que je connaissais comme ma poche. En première ligne, sur une petite estrade, j'ai aperçu un cabriolet. C'était une TR4 65 ou 66. Elle avait une belle robe bleu marine. Un pâté de maisons plus loin, je l'avais oubliée. J'avais trop de chagrin.

Le lendemain, je décidai d'aller me promener. Je quittai la maison à pied et m'engageai sur l'avenue. Les voitures, c'était bien fini pour moi. Plus jamais. Je les voyais passer dans la rue comme de grosses mouches, et ça ne me faisait rien, elles n'attiraient plus mes yeux. Je me sentais fatigué. Il me semblait que j'avais laissé ce qui me restait de carburant au cimetière.

Au bout d'un moment, je suis arrivé devant le parc des occasions. La Triumph était toujours là, et machinalement je me suis arrêté devant. Ses yeux étaient si doux qu'on les aurait dit bordés de cils. Il y avait aussi un renflement mystérieux sur le capot. Le pare-brise était brillant comme une paire de lunettes neuves. Je m'approchai davantage. Maintenant je pouvais voir l'intérieur et les cadrans alignés comme des petits gâteaux dans une boîte. Derrière moi j'ai entendu une voix : « Ça c'est de la bagnole, c'est pas comme les cercueils d'aujourd'hui. Avec ça vous décapotez et vous allez plus vite que la vie. » C'était le vendeur. Il m'a fait asseoir sur les coussins. Ils avaient une odeur fantastique. Je n'avais jamais connu ça auparavant. On m'avait parlé de ce parfum si particulier des anglaises, mais je ne m'étais jamais imaginé que c'était à ce point. Le type a ajouté :

« Allez-y, tournez la clef, allez-y, écoutez le moulin. » Les cylindres se sont allumés tous ensemble. Il y en avait six. Ils faisaient trembler le sol, on les sentait vibrer dans le creux du dos. J'avais les mains posées sur le volant de bois. Je sentais presque le vent qui me tirait par les cheveux.

Deux

Quand je suis revenu chez moi, il faisait nuit. La chaleur n'était pas tombée. Doucement, j'ai rentré la voiture dans le garage et j'ai éteint les phares. Dans le noir j'entendais le moteur craquer en refroidissant. J'aimais bien ce bruit, il n'avait rien d'inquiétant. Je venais de faire de longs kilomètres sur la petite route de la côte. Mon visage était en feu. Je passai les doigts sur le tableau de bord comme on caresse le ventre d'un chien. J'étais certain que, à ce moment-là, la voiture était contente, qu'elle s'était déjà habituée à moi, qu'elle m'avait adopté. Si l'heure n'avait pas été si tardive, je lui aurais bien présenté ma famille. Les brindilles chantaient toujours dans le moteur. J'ai pensé : « Je t'ai sortie de ce parking, maintenant on est ensemble, tu es ici chez toi, c'est ta nouvelle maison. »

Je parlais toujours aux choses, j'étais convaincu que d'une certaine manière elles me comprenaient. J'étais aussi persuadé que celles que j'achetais étaient heureuses de s'installer chez moi. Je ne les traitais pas comme un patron.

J'aimais être ami avec les choses, je voulais qu'elles se sentent bien, qu'elles pensent : « On est dans une bonne maison. »

Elles et moi n'avions aucun rapport conflictuel. Elles faisaient leur boulot sans histoire, et moi, en retour, je leur donnais une certaine forme d'affection. Aucune sorte de réparateur, sauf parfois un mécanicien, ne mettait jamais les pieds à la maison. Les choses et moi, on arrangeait nos affaires entre nous.

J'étais toujours dans le noir, assis sur mon siège, les doigts sur le volant, quand la porte du garage s'est ouverte. Il était tard mais Anna m'avait attendu.

Elle avait même dû se faire du souci puisque je n'étais pas reparu de la journée. Quand elle m'a vu ainsi, rêveur sur mon coussin, insouciant et détendu, j'ai eu l'impression qu'elle me regardait comme si elle venait de me surprendre sur les genoux de ma mère. Elle n'a rien dit et est sortie en claquant la porte. Aux compteurs, toutes les aiguilles étaient à zéro.

Je suis rentré dans la maison. J'adorais cette maison. C'était la mienne, je m'y sentais en sécurité. J'en connaissais chaque recoin puisque c'était moi qui l'avais bâtie, qui l'avais modifiée, agrandie et encore transformée. Cette maison faisait vraiment partie de la famille. Elle changeait tout le temps. A chaque printemps, je lui adjoignais une aile ou une pièce supplémentaire. C'était comme ça à chaque printemps. Dès que les beaux jours arrivaient, je commençais à tirer des plans.

je me lève

Je faisais ça la nuit, pendant que tout le monde dormait. En dessinant ces nouvelles structures, j'étais heureux, je me voyais déjà à l'intérieur de mes murs tout neufs, j'évaluais le coût du chantier, la durée des travaux. Tout cela était aussi précis et délicieux que la préparation d'un cake. Je cuisais mon projet dans ma tête. Le lendemain, quand ils me voyaient sortir mes feuilles, Anna et les enfants me regardaient d'un sale œil. Ils savaient que la famille allait entrer dans une période de turbulence, que j'allais me mettre au travail avec l'acharnement d'un forcené, que mon caractère allait changer, que j'allais gueuler, me blesser les mains, traiter le monde d'incapable, assommer Dieu à coups de pelle et jurer, tout à la fin, que c'était fini, que plus jamais je ne toucherais à une planche ou à une brique. Mais l'année suivante, dès que les beaux jours revenaient, ça recommençait, les plans, les clous, les cris, Dieu et la pelle. Je n'y pouvais rien, c'était plus fort que moi.

Ce soir, de la fenêtre de la cuisine, je regardais la piscine que j'avais faite le printemps dernier. Elle n'était pas très grande, mais suffisait pour se noyer. Elle brillait comme un baiser sous la lune. Devant mon verre de lait, je n'étais pas fier. J'étais un pauvre type. J'avais déçu ma femme et déjà oublié ma Karmann avec une autre. Je ne valais rien. Je n'avais pas de sentiments. Je m'en voulais, mais je savais qu'au fond je ne changerais jamais. J'ai balancé le lait dans l'évier et je suis retourné au garage. Les brindilles du moteur ne chantaient plus. Il ne restait que ses yeux, ses yeux grands ouverts dans le noir. Ses yeux avec ses cils.

Trois

Quand je suis entré dans la chambre, Anna dormait. J'ai fait attention de ne pas la réveiller. J'ai ouvert les fenêtres et je me suis couché. J'entendais le bruit des grillons. C'était insupportable. J'avais le sentiment qu'ils s'étaient passé le mot et qu'ils se moquaient de moi. Il n'y avait que la maison qui semblait encore me respecter. J'étais un peu son père, c'était sans doute pour ça. J'ai enfoncé la tête dans l'oreiller. Il n'a pas résisté.

Quand j'ai ouvert l'œil, j'ai essayé de deviner l'heure à l'intensité du jour qui filtrait par le contrevent. J'ai pensé : « Il est dix heures douze. » Le radioréveil indiquait douze heures vingt-cinq. Ça m'a mis de mauvaise humeur. D'abord parce que je m'étais trompé, parce que le temps avait filé plus vite que je ne l'avais ressenti et surtout parce que, une fois encore, j'allais me lever tard. Je n'aimais pas ça mais je n'arrivais pas à faire autrement.

La maison était calme. Anna et les enfants étaient sortis. Le soleil me déchirait les paupières. J'ai fait du café et j'ai déjeuné sur la terrasse. Les

Tous les matins je me lève

moineaux s'approchaient de moi pour voir à quoi ressemblait ma tête. Ils savaient que je ne leur ferais rien, que je n'étais pas un type à effrayer les oiseaux au réveil.

C'est alors que j'ai entendu le bruit du moteur dans le garage. C'était la décapotable. Je l'ai reconnue tout de suite. Ses six cylindres faisaient vibrer le sol. J'ai bondi comme si je voulais rattraper ma jeunesse.

Anna était au volant et rentrait la voiture. Elle a coupé le contact, enlevé ses lunettes de soleil et, avant même de descendre, a dit : « Viens m'aider à décharger les paquets dans la malle. » Elle avait pris ma voiture, elle qui d'habitude détestait les cabriolets. Ça m'a coupé le sifflet et mis incroyablement de bonne humeur. Tout cela voulait dire qu'elle avait adopté la Triumph sans discuter, qu'elle la trouvait formidable et que surtout elle ne m'en voulait pas. J'ai pris cinq sacs dans chaque main, ils étaient légers comme des plumes. Anna a dit : « Ce matin, ma voiture n'a pas démarré, j'ai été obligée de prendre celle-là. » Elle avait dit « celle-là » en tordant la bouche, comme lorsqu'on vous met sous le nez une tête de poisson. D'un coup, j'ai eu l'impression de transporter des tonnes.

Elle est passée devant moi, légère dans sa jupe de toile. « Cette voiture est ridicule. Elle freine mal et les vitesses craquent. » J'ai posé les paquets dans la cuisine. Comme des escargots, les mots se tordaient dans ma gorge. J'avais envie de pleurer, de tout abandonner et de foutre le camp à jamais. J'ai dit : « C'est une bonne affaire. » Elle a répondu : « C'est une deux-places et on a trois enfants. »

Je suis parti en claquant la porte. Dans la salle de bains, j'ai regardé ma tête. C'était vraiment celle d'un type dont la boîte craquait. Un moment, j'ai tourné dans la maison puis je suis allé dans mon bureau. Je me suis assis et j'ai attendu. Anna m'avait dit des choses terribles, des mots humiliants, les pires qu'un homme puisse entendre. Elle avait dit que j'étais un mauvais père et surtout que ma voiture freinait mal.

Anna n'avait jamais aimé les cabriolets. Elle, ce qu'elle voulait, c'était une Volvo. Une quatre-cylindres, quatre portes, cinq places. Les trois gosses derrière et nous deux devant. Ce qu'elle voulait, c'était que l'on parte ensemble d'un point pour arriver à un autre sans encombre, en entrouvrant les vitres et en faisant juste un peu d'essence à la station. Par certains côtés, je la comprenais et je savais qu'en cas de débat public elle aurait la ville entière derrière elle. Je ne pouvais pas lui expliquer que me proposer une chose pareille, c'était me demander de prendre le train.

Dans ma pièce, le soleil me suçait le bout des doigts. C'était un rayon si fin et si plat qu'on aurait dit une tranche de jambon. Anna pouvait bien dire ce qu'elle voulait. Je n'étais peut-être pas un bon père, mais la Triumph, elle freinait au poil.

Je me levai et filai dans le garage. Le ronflement du moteur me grattait le dos. J'ai traversé un bout de la ville en roulant lentement. Je regardais au passage le reflet de ma voiture dans les vitrines. Aux feux rouges, de temps à autre, je surprenais les yeux pleins d'envie d'un type enfermé comme une saucisse dans sa boîte de conserve. Il avait beau avoir quatre portes, il était prisonnier. Dans sa tête je l'entendais se dire : « Celui-là, il a de la chance, il doit pas avoir de gosses. »

Parfois, je tombais sur de sales gars qui démarraient en lâchant toute la gomme. Quand je sentais que j'avais affaire à un de ces excités, j'enclenchais la première et j'avançais comme une limace, comme si je n'avais qu'un pot de fromage blanc sous le capot. J'adorais les énerver. Ils pouvaient toujours klaxonner. Je leur souriais.

J'ai pris la route de l'océan qui avait une longue portion de ligne droite en bordure de la plage. Anna ne connaissait rien aux voitures. On allait bien voir si la Triumph ne freinait pas. Je me suis lancé, j'ai monté les vitesses quatre à quatre, comme on grimpe un escalier en tenant un bouquet de fleurs entre les mains. Le vent me léchait la nuque, il tirait mes cheveux. Je sentais la route courir le long de mes doigts, c'était formidable. Le volant picotait comme une grosse fourmi ronde. Tout vibrait harmonieusement. Les six cylindres balançaient tout ce qu'ils avaient dans le ventre. Les mouettes n'avaient jamais vu ça. Vue de la mer, à cette heure-ci avec cet éclairage-là, dans sa robe bleu marine, la TR4 devait ressembler à un morceau de nuage, un brin d'orage.

J'ai vérifié qu'il n'y avait personne derrière et j'ai écrasé la pédale de frein. Les dents de la voiture ont crissé. Petit à petit, elle a glissé, j'ai senti qu'elle me filait entre les doigts, qu'elle n'y pouvait rien et moi non plus, puis elle s'est brusquement mise en travers.

Le moteur avait calé. Il ne restait que le bruit de la mer et le rire des mouettes.

Quatre

Le soir, Anna me faisait toujours la gueule. Les enfants étaient rentrés du collège. Ils étaient dans leurs chambres. J'ai frappé chez Jacob, l'aîné. Il travaillait en écoutant de la musique. J'ai vu son visage plein de boutons se tourner vers moi. On aurait dit un champ de tulipes.
— Ça va, 'pa ?
— Tu as vu la voiture ?
— Elle est pas toute jeune.
Tout d'un coup je lui ai trouvé une tête de vieux, des sentiments de vieux, des réflexions de vieux. Je n'avais plus rien à lui dire, j'ai reniflé et l'ai laissé avec son acné.

Sa sœur était en train de lire. Quand je suis entré, j'ai bien senti que je dérangeais. Sans lever les yeux de son bouquin, Sarah a dit : « Tu as encore mis maman de mauvaise humeur. » Je me suis approché pour l'embrasser. Elle m'a tendu sa joue, j'ai eu l'impression qu'elle me serrait la main. J'ai dit : « Qu'est-ce que tu lis ? » Elle m'a montré la couverture. C'était *L'Impasse lointaine*, un roman que je connaissais, emmerdant comme la pluie, prétentieux, phraseur. Je n'avais jamais pu arriver jusqu'au bout.

— Tu trouves ça comment ?

Elle a levé son menton et j'ai vu le fond de ses grands yeux bleus.

— Magnifique.

Ce n'était pas la peine que je lui parle de la voiture. Quelqu'un qui trouvait que *L'Impasse lointaine* était un roman « magnifique » n'avait rien à dire sur les décapotables.

J'ai regardé les photos qui étaient accrochées aux murs. Il n'y avait pas grand-chose d'intéressant. Ma fille semblait accorder de la valeur à des choses et des gens qui ne le méritaient pas.

Jonathan m'attendait. Dès que je suis entré, il m'a sauté au cou. Ses bras me serraient comme des cordes de pendu. Après m'avoir à demi étouffé, il a dit : « Elle est formidable, c'est la plus belle que tu aies jamais eue. »

Jonathan était mon vrai fils. Les autres n'étaient que des enfants du siècle avec des boutons et des pieds dans des chaussettes. Jonathan était le plus jeune, mais, de toute ma famille, c'est lui qui me comprenait le mieux. Il tenait vraiment de moi. Si je devais mourir, c'est à lui que je léguerais ma voiture. Il a demandé :

— On va faire un tour ?
— Tu as fait tes devoirs ?
— Non.
— O.K., j'ai dit, on y va.

On est sortis par la porte de derrière en essayant de ne pas se faire remarquer. On s'est faufilés dans le garage à la manière de deux chats

je me lève

qui préparent un sale coup. J'ai mis le contact. Toutes les aiguilles des compteurs ont frétillé comme des poissons dans un bocal. Le gamin a crié : « Formidable », je n'avais plus qu'une chose à faire : mettre les gaz.

Sur la route de la côte, on roulait sans dire un mot. Je crois que je n'avais jamais été aussi heureux. Le soleil plongeait doucement dans l'océan et le vent soufflait dans tous les pores de ma peau. Il rentrait même jusque dans mon cœur. Jonathan surveillait les aiguilles, c'était un sacré coéquipier. Il regardait les compteurs comme on observe un fourmilier. A un moment, j'ai passé la troisième et écrasé le champignon. Le gamin s'est retrouvé collé au siège. Il a ri à la façon d'un type à qui l'on viendrait d'annoncer qu'il ne serait jamais malade, puis a posé sur moi ses grands yeux noirs.

Un instant, je me suis dit que Jonathan se souviendrait toujours de ce moment, qu'il resterait planté dans sa mémoire, qu'il le raconterait même à ses enfants. Et puis je me suis dit que non, que la vie était une grosse gomme et qu'elle m'effacerait, moi, et les aiguilles de ma Triumph.

Mon fils était heureux et des insectes s'écrasaient sur le pare-brise. C'était dans l'ordre normal des choses.

Sur le chemin du retour, on a parlé de tout et de rien. Les paroles sortaient de notre bouche et s'envolaient aussitôt, happées par la vitesse comme des papillons. Mon fils faisait voler sa main par la portière et les mouettes semblaient nous prendre pour de drôles d'oiseaux.

— On dirait qu'on est en avion, a dit Jonathan.
— Pareil.

Un frisson de bonheur m'a traversé comme du courant électrique et je me suis tortillé sur mon siège tel un chien qui s'ébroue après une caresse. Quand on est arrivés à la maison, Anna, Sarah et Jacob étaient à table.

On s'est assis en silence, sans faire les malins. Sarah m'éprouvait du regard et Anna m'ignorait. Jacob, lui, était bien au-dessus de tout ça. Il nourrissait ses tulipes. Elles avaient toujours faim. Ce garçon aurait mangé les rideaux. Jonathan s'était assis à côté de moi. Il avait décidé que c'était sa nouvelle place. Celle d'un sacré copilote.

Je sentais l'incident arriver à grands pas. C'est cette garce de Sarah qui a allumé la mèche :

— Tu as fini ton livre ? a-t-elle distraitement demandé.

Elle connaissait la réponse, tout le monde, dans la maison, connaissait la réponse, mes amis connaissaient la réponse, mon éditeur connaissait la réponse. Mais elle, elle posait la question. En d'autres circonstances, je lui aurais dit de se mêler de ses affaires, mais là, ce soir, pour éviter les ennuis, de mon ton le plus mielleux, j'ai dit : « Ça avance. » Et aussitôt, j'ai rentré la tête dans les épaules. Sarah avait offert à Anna de quoi m'assassiner, un prétexte pour me découper en rondelles, et Anna ne bronchait pas. C'est là que j'ai compris que c'était vraiment grave.

C'est aux silences de ma femme que l'on évaluait le degré de sa colère. Elle pouvait passer des jours entiers sans m'adresser la parole. Ses lèvres ressemblaient alors à du marbre et son regard m'évitait comme un papier gras. Il n'y avait rien à faire. Depuis presque vingt ans, on vivait ensemble et, malgré tout ce temps, malgré mes tentatives les plus désespérées, je n'avais jamais pu lui faire desserrer les dents dans ces moments-là.

Ce silence était pour moi la pire des souffrances. J'avais l'impression d'être mort, de voir Anna veuve de mon vivant. C'était un cauchemar. D'un coup, comme ça, elle me rayait de sa vie, de sa voix et de sa vue. Ce soir, j'aurais tout donné pour qu'elle me règle mon compte, qu'elle me balance tout ce qu'elle avait sur le cœur ou que, pour me mettre mal à l'aise, elle dise : « Votre père vous emmènera au collège demain matin. A trois dans la malle, en vous serrant bien, il ne devrait pas y avoir de problème. » Les gosses auraient rigolé, la tension serait tombée d'un cran et moi j'aurais pris mon air coincé qui amusait tout le monde. Ensuite, on aurait passé les plats en discutant de la voiture, mais aussi du fait que jamais je n'avais emmené les enfants à leurs cours, pour la bonne raison que de ma vie je ne m'étais levé assez tôt. Comme toujours j'aurais dit : « D'accord, mais pendant que vous dormez, moi, la nuit, je travaille. »

Ça, généralement, ça leur clouait le bec. Parce que c'était vrai que je travaillais la nuit, que je faisais mes livres et que c'étaient eux qui, tant bien que mal, nous faisaient vivre.

A un moment, Jonathan, dont le ventre était encore plein des gargouillis du moteur, se tourna vers moi et demanda :

— Elle va à combien ?

J'avais la bouche pleine. J'ai longtemps mastiqué avant de répondre : cent cinquante, cent soixante. Je mentais. Elle tapait un cent quatre-vingts facile. Le gamin a aussitôt ajouté :

— Elle consomme combien ?

Ce n'était pas le moment, bon Dieu. Cette andouille ne comprenait rien à la situation. J'ai regardé Anna qui ne levait pas les yeux de son assiette et j'ai murmuré : « Huit, dix litres. » Au fond de moi, je savais qu'elle en mangeait bien treize ou quatorze. C'est alors que Jonathan m'a poignardé, lui, mon seul véritable fils, mon sang, la chair de ma chair, lui le copilote et l'héritier de la Triumph. Avec sa belle voix propre il a demandé :

— Elle a coûté combien ?

J'ai senti mes chaussettes me lâcher d'un coup et les murs se sont mis à valser. De la transpiration a perlé sur le dessus de ma lèvre et j'ai piqué du nez dans mon verre de lait. Jonathan qui n'avait rien remarqué a répété :

— Combien tu l'as payée ?

Je ne pouvais plus me défiler, j'étais coincé dans l'angle du ring. Je suis sorti de mon demi-écrémé auquel je trouvais soudain un goût de babeurre et j'ai fait avec la bouche un bruit qui se terminait par « ... mille ».

— Combien ? a redemandé l'autre andouille.

— Vingt mille.

Il y eut ensuite un silence d'une qualité inouïe. Même le compresseur du réfrigérateur s'était

je me lève

arrêté. Je me demande ce qui se serait passé si j'avais avoué que je l'avais payée trente-cinq mille. Anna a demandé aux enfants s'ils voulaient du dessert. Le copilote a dit que oui.

Cinq

La télévision ronflait comme un feu de cheminée. Anna et les enfants étaient sur le canapé. J'étais enfermé dans mon bureau. J'essayais de travailler. C'était impossible. Par moments, j'entendais leurs voix qui se glissaient sous ma porte. J'écoutais ça comme de la musique lointaine. Je me demandais pendant combien de temps Anna allait rester silencieuse. Je ne pensais qu'à ça. Je me foutais complètement de mon livre et de l'éditeur. Il ne savait pas ce qu'était une famille. Hier il avait appelé et Anna lui avait raconté que j'avais eu un accident. Ça me faisait gagner quinze jours. J'étais sûr d'avoir la paix pendant au moins deux semaines. De toute façon, c'était réglé, tant qu'Anna ne m'adresserait pas la parole, je serais incapable de continuer mon histoire. J'ai pris une feuille et j'ai écrit : « Je ne peux pas travailler quand ma femme me fait la gueule. » Ensuite, j'ai dessiné des figures géométriques pendant une bonne heure.

Quand ça allait mal, je faisais ça, je traçais des perspectives, ça me vidait la tête, ça n'emmerdait personne. Le copilote est entré pour me dire bonsoir. Il m'a embrassé et m'a collé sur la joue des saletés de sucreries qu'il suçait.

— Jonathan, arrête de bouffer des bonbons.
— C'est pas des bonbons, c'est de la réglisse.

Et il s'est tiré en me prenant pour un péquenot.

Sarah m'a souhaité bonne nuit et Jacob m'a plaqué contre le visage ses satanées pustules. Dès qu'il a eu tourné les talons, je me suis essuyé. Je n'y pouvais rien, ses boutons me dégoûtaient. Il était minuit passé et Anna n'était toujours pas couchée. Vers une heure, je l'ai vue passer devant ma porte. Je lui ai crié bonsoir. Le silence du couloir m'a répondu que j'aurais tort d'espérer quelque chose.

J'ai pris une autre feuille et j'ai recommencé à dessiner des structures parmi des nuages. Puis j'ai ajouté des montagnes, et des oiseaux, et du soleil. De temps en temps, je regardais mon manuscrit. A l'œil, je voyais que pour en terminer il me manquait l'épaisseur d'un auriculaire. J'ai pensé que, quand je disais à l'éditeur que j'étais à un doigt d'avoir fini, je ne mentais pas.

J'avais envie de serrer Anna dans mes bras, de la supplier de me caresser la nuque et d'arrêter son cirque. Je savais que je n'avais aucune chance. Cette femme était têtue comme un dentiste. Je suis allé dans la chambre. La lumière était éteinte. Je me suis approché d'Anna, j'ai passé ma main sur son visage, il était aussi doux que de la soie. Le réveil indiquait deux heures quatorze. D'un coup il est passé à deux heures quinze.

Je suis retourné au bureau. Je ne comprenais

pas pourquoi Anna ne me parlait plus. J'étais sans doute l'un des trois ou quatre types les plus malheureux du monde. Je suis allé au garage et je me suis assis dans ma voiture. J'ai mis la radio. La musique coulait sur mes joues. J'ai allumé les veilleuses, les cadrans ont jailli du noir comme des vers luisants et j'ai songé qu'il fallait que ma vie change. Ça ne pouvait plus durer. Le bon temps, c'était terminé. J'avais eu plus que ma part. J'allais rentrer dans le rang, me lever dès l'ouverture des magasins et me coucher après les nouvelles du soir, j'allais travailler dur, régulièrement, faire des livres qui se tiennent et les rendre à l'heure. Et surtout j'allais conduire les enfants au collège. En se serrant un peu, on pouvait bien rentrer à quatre dans la Triumph.

Tout d'un coup, j'ai pensé : « Pour arranger les choses avec Anna, pour lui déclouer le bec, demain c'est toi qui accompagnes les gosses. » C'est ce que je me suis dit. Cette idée a sauté dans ma tête comme un bouchon de champagne. Ma montre indiquait trois heures cinquante. J'avais juste le temps de dormir. J'ai bondi de l'auto et j'ai filé à la salle de bains. Je me suis regardé dans la glace. Je me trouvais la tête d'un brave type, de quelqu'un qui sacrifie son sommeil pour sa femme et ses enfants. Je me suis lavé les dents en pensant à la Karmann. Tout s'était passé si vite que je l'avais presque oubliée. Ensuite, j'ai bu un verre de lait glacé et je me suis rué dans mon lit comme si je tombais de sommeil.

Longtemps, par la fenêtre, j'ai guetté les étoiles dans le ciel. La respiration d'Anna était calme et

je me lève

régulière. J'imaginais les bouffées d'air entrant et sortant discrètement de sa bouche pour ne pas la réveiller. Je regardais dormir ma femme avec envie. Après ce que je m'apprêtais à faire, devant tant de bonne volonté, Anna, demain, reparlerait.

La première chose que j'ai vue en ouvrant les yeux, c'est le radioréveil. Ces saloperies de chiffres bleus indiquaient douze heures douze. Je me suis retourné pour ne pas voir ça. Quand je suis arrivé à la cuisine, j'ai aperçu deux oiseaux qui se bécotaient sur la pelouse. Il tombait du feu. Anna était au bord de la piscine avec son amie Louise. J'ai mis du café dans la machine et elle s'est mise à pisser goutte à goutte. Je suis allé boire ma tasse au bord de l'eau. J'ai embrassé Louise. Anna a continué de parler comme si de rien n'était. Pour elle, j'étais aussi transparent qu'une vitre de magasin. Louise a dit :

— Figure-toi qu'hier, sur la route de la plage, j'ai vu un type qui te ressemblait comme deux gouttes d'eau. Il était dans une vieille voiture, une espèce de cabriolet. Puis j'ai entendu un coup de frein terrible et quand je me suis retournée j'ai vu la bagnole en travers de la route.

J'ai bu une gorgée. Le liquide est resté coincé dans ma gorge comme un ascenseur en panne. J'ai dit :

— Le type que tu as vu hier, c'était moi, Paul, Paul Ackerman, au volant de ma nouvelle voiture.

Là, Louise a compris qu'elle avait fait une gaffe. Les yeux d'Anna s'accrochaient à elle comme du fil de fer barbelé. Je me suis levé et je suis reparti avec ma tasse. Du coin de la cuisine, j'observais ma femme. Elle discutait de nouveau avec Louise. Mon départ lui avait rendu le sourire. Je retrouvais son beau visage, la couleur de sa voix, la douceur de ses yeux. Anna avait des yeux pour voir pendant des siècles. Et le plus étonnant, c'est que depuis vingt ans je ne me lassais pas de les regarder.

Je suis allé à mon bureau et j'ai essayé d'écrire. Très vite les perspectives sont arrivées. Il en venait de partout. Elles noircissaient ma feuille et composaient une histoire géométrique que mon éditeur n'aimerait certainement pas.

Je suis allé boire un verre de lait glacé. Il faisait une chaleur intenable. J'avais en permanence des gouttes de transpiration qui perlaient sur mon visage. Anna et Louise étaient dans l'eau. Je ne les voyais pas, mais je les entendais rire. J'entendais aussi le bruit de l'eau qui se frottait contre leurs corps. J'ai pris un plateau, des verres et je leur ai apporté des jus de fruits. Des journées comme celles-là me rendaient fier de mon bassin. Je l'avais creusé au prix d'un chantier terrible, mais ça valait le coup. La musique des corps de femme en train de nager était vraiment formidable. L'eau était aussi claire qu'un torrent grâce au filtre qui la brossait toutes les six heures. J'aimais bien cette machinerie, ces vannes, et aussi le bruit de la pompe.

Quand Louise a vu les jus de fruits, elle a dit :
— Tu es vraiment un amour.

Je suis revenu dans mon bureau le pied léger, heureux comme un gosse. Anna ne pouvait pas ne pas l'avoir entendu. J'étais un amour. J'étais un

je me lève 37

amour et elle me faisait la gueule, elle m'ignorait, me méprisait. Si nous divorcions aujourd'hui, le juge lui collerait tous les torts. Je lui laisserais quand même la garde des enfants. C'était la seule solution pour qu'ils puissent arriver à l'heure au collège et poursuivre leurs études.

Le téléphone a sonné. C'était mon assureur. Il voulait des précisions sur l'accident. Il me demandait des choses invraisemblables comme la marque de la voiture que j'avais heurtée, l'heure ou encore le numéro exact de l'avenue devant lequel s'était produit le choc. Au début, je lui ai expliqué calmement que je n'avais pas pu noter tout ça puisque je me trouvais coincé sous le siège. Mais, comme il insistait, je me suis fâché. Je lui ai dit qu'il se comportait à la façon d'un contrôleur fiscal, qu'il faisait un sale métier et qu'il pourrait au moins respecter la souffrance et la peine des accidentés. Je lui rappelai aussi que, dans l'histoire, j'avais perdu ma voiture, et que ce n'étaient pas ses indemnités qui me la rendraient. Il m'a répondu qu'il n'avait jamais été question d'indemnités, que je devais un semestre et qu'en conséquence sa compagnie se passerait désormais de clients de mon espèce. Je lui ai demandé ce qu'il avait comme voiture. Il m'a demandé pourquoi je lui posais cette question. J'ai insisté, il m'a répondu qu'il possédait une Datsun, j'ai éclaté de rire et je lui ai raccroché au nez.

Immédiatement, je suis allé voir Anna. Je lui ai dit : « On n'est plus assurés. Aucune des deux voitures. La maison et les enfants non plus. La compagnie nous a foutus dehors. » Je ne savais pas

pourquoi je disais ça, j'étais sûr qu'Anna allait continuer ses brasses en m'ignorant. Une pareille nouvelle ne pouvait que la monter davantage contre moi. C'était mal connaître cette fille bizarre. D'un coup, elle a jailli de l'eau comme un dauphin et a nagé jusqu'à mes pieds. Elle a dit :
— Ces salauds nous ont foutus dehors ?
— On leur devait six mois.
— Et alors ?
— Alors on leur doit toujours six mois et on n'est plus assurés.

Elle est sortie du bassin à la force des bras sans emprunter l'échelle et s'est servi un verre de jus de fruits. Elle m'avait reparlé. C'était fini, c'était gagné. Anna était une femme hors du commun, je l'aimais comme jamais. Elle me tenait tellement qu'elle ne me lâchait jamais dans les moments difficiles. Elle était capable de me rouler dessus par temps clair, mais, dès que les nuages arrivaient, elle rentrait mettre à l'abri le peu qui restait de moi. Louise nous a rejoints et on a bu tous les trois en parlant des assurances. Je regardais ces deux femmes à tour de rôle. Elles étaient au poil et moi j'étais heureux comme un moineau dans un arbre. Si le type de la compagnie avait été là, je crois que je lui aurais offert un verre. Je lui devais une partie de mon bonheur. Il avait rendu la parole à Anna.

Vers trois heures, j'ai filé en ville pour trouver un autre assureur. J'en ai déniché un au premier étage d'un immeuble pas vraiment net. Une fille bien roulée qui fumait en tordant sa bouche m'a fait entrer dans un bureau et m'a demandé

je me lève

d'attendre. Deux minutes plus tard, un homme en bras de chemise est entré en souriant. Il m'a tout de suite paru honnête. Son visage était aussi lisse et plat qu'une pièce de monnaie. Il parlait d'une voix profonde, côtelée comme du velours. Il m'offrait des garanties en béton bien supérieures à celles de ses concurrents et à un prix équivalent. Je n'hésitai pas une seconde. Je signai le contrat pour les deux voitures, les enfants et la maison. Ensuite, en remplissant des papiers, l'homme m'a posé quelques questions. Il souriait tout le temps. Je voyais le fond de ses mâchoires.

— Profession ?
— J'écris des livres.
— Le plus beau métier du monde. Vous avez de la chance, c'est ce que je rêvais de faire quand j'étais jeune. Et puis vous savez ce que c'est, la vie, tout ça. C'est aussi bien, de toute façon je n'avais pas de talent. Alors je suis entré dans les assurances. Il vaut mieux devenir un bon assureur qu'un mauvais écrivain. Bien. Pour ce qui est de votre maison, de vos enfants et de la voiture de votre femme, l'affaire est réglée. Maintenant, il me faudrait la marque de votre véhicule.
— Triumph, j'ai dit.
— Type ?
— TR4.

Le type s'est arrêté d'écrire. Il m'a regardé comme s'il voyait soudain les chutes du Niagara se déverser sur sa moquette.

— Quelle année ?
— 65.

Il s'est reculé sur son siège, m'a examiné

comme de la fausse monnaie, et de sa voix calme a dit : « Quand je suis entré ici et que je vous ai vu assis, c'est drôle, mais je me suis dit : ce gars-là a de la classe. Je ne m'étais pas trompé. Vous avez une des plus belles voitures qui soient. On peut dire ce que l'on voudra, pour moi, la TR4 c'est plus fort que la 3, la Healey ou la MG. La 4, voyez-vous, elle vieillira pas. C'est une automobile qui entrera dans la légende. Monsieur Ackerman, je suis fier de vous compter parmi mes clients. »

En descendant de l'immeuble, j'avais les chevilles en caoutchouc et je rebondissais sur les marches comme une balle de mousse. Quand je suis monté dans ma voiture, j'ai vu l'assureur qui me saluait de sa fenêtre. J'ai démarré comme à la parade, avec élégance et brio. C'était un sacré jour de chance. Anna m'avait reparlé et j'étais assuré chez un type qui savait ce qu'étaient les belles choses, qui respectait la littérature et connaissait la véritable noblesse des cabriolets.

Quand je suis arrivé à la maison, j'ai raconté toute l'histoire à Anna et lui ai collé le contrat sous le nez. Pendant qu'elle le parcourait, je me suis aperçu que les prix que m'avait donnés l'homme en bras de chemise représentaient le tarif d'un trimestre et non d'un semestre comme chez ses concurrents. L'homme en bras de chemise était un vieux renard. Il connaissait son boulot.

Ce n'était pas encore l'heure de dîner. Anna a mis un pull et m'a dit :

— On va faire un tour ?

J'avais les jambes molles, aucune envie de mar-

je me lève

cher et pourtant j'ai accepté pour lui faire plaisir. Je pensais que j'étais un bon mari. Je suis allé chercher une veste et au retour j'ai trouvé Anna qui m'attendait, assise dans le cabriolet. Mon cœur a sauté au plafond. Je n'avais pas compris qu'elle me proposait une promenade en voiture. Cette fois, ça y était. Elle adoptait la 4. J'avais la femme la plus extraordinaire du monde dans la voiture la plus fantastique de la terre. J'ai mis le contact et démarré avec une infinie douceur. Le six cylindres a murmuré quelque chose de tendre. Il n'était pas question de rugir, il y avait une dame assise sur les coussins. On a pris la route de la côte et roulé une bonne heure. Les cheveux d'Anna s'emmêlaient comme des spaghettis, le vent chantait dans mes oreilles, la nuit descendait doucement. Dans quelques instants, j'allumerais les veilleuses et les cadrans éclaireraient le visage de ma passagère. Ils lui feraient un maquillage de brume et le reflet des aiguilles danserait au fond de ses yeux. Par moments, je lui caressais l'épaule. Le soleil avait plongé dans l'eau et le ciel devenait rose comme de la pâte d'amande. L'océan avait les lèvres blanches. J'ai dit à Anna : « On roule dans une étoile filante. » Elle m'a regardé comme on considère un enfant, j'ai vu sa bouche s'entrouvrir et se poser doucement sur la mienne.

Six

Sitôt revenu à la maison, j'ai mangé à toute vitesse et je me suis mis au travail. Les mots tombaient comme de la pluie. Les feuillets s'entassaient comme des billets de banque. J'adorais ces moments-là.

Vers une heure du matin, Anna est venue m'embrasser. Je l'ai prise dans mes bras et je lui ai dit que j'allais peut-être finir le livre dans la nuit.

— Ne te couche pas trop tard.

Sa voix s'est glissée dans ma tête comme une feuille d'automne qui tombe. Un petit vent frais est entré par la fenêtre, j'ai pensé à la route de la côte, rugueuse comme une peau de lézard. Je la voyais se tortiller sous la lune. Anna et moi étions inséparables.

A huit heures du matin, j'avais terminé. L'histoire était bouclée, le livre fini. Quand j'étais dans des dispositions pareilles, rien ne m'arrêtait, ni le sommeil ni la fatigue, rien. Je me sentais la force d'un bûcheron, la santé d'un vrai forestier. J'étais capable de déboiser l'Amazonie. J'écrivais cinq feuillets à l'heure, sans pratiquement raturer, ça coulait. En fait, tout dépendait d'Anna, de ma femme. Hier, elle avait été merveilleuse, aujourd'hui, le bouquin était fini. C'était aussi simple que ça. Si j'avais été marié à une compagne dotée d'un doux caractère, j'aurais pu être un bon romancier.

Je relus mes dernières phrases : « Je ne vaux pas grand-chose et je ne crois en rien. Et pourtant tous les matins je me lève. » Des larmes ont coulé de mes yeux. C'était chaque fois pareil après avoir terminé un livre.

Je suis allé boire un verre de lait frais. Quand les enfants ont vu ma tête dépasser derrière la porte du frigo, ils ont sans doute pensé que le visage du réparateur leur rappelait celui de leur père. Mais quand ils m'ont entendu dire : « Mesdames et messieurs, j'ai le plaisir de vous annoncer que Paul Ackerman a bouclé son bouquin », ils ont bien compris qu'ils avaient affaire à celui qui les nourrissait.

Sarah a bondi de sa chaise et m'a embrassé comme elle ne l'avait pas fait depuis longtemps. J'ai retrouvé dans ses cheveux le parfum de sa mère. Je l'ai serrée très fort. J'avais le sentiment qu'elle ne me faisait pas de cinéma et qu'elle était vraiment fière de moi. Son frère Jacob, dont les boutons violacés menaçaient comme un mauvais orage, leva le pouce dans ma direction tandis que Jonathan, le copilote, me lançait : « T'es un as, 'pa, t'es un as. »

Sarah ne me lâchait pas. Elle m'avait préparé mon café et me tenait par le bras pendant que je le buvais. Quand elle était douce comme cela, Sarah était encore plus jolie. Sa mère lui avait tout donné : son caractère et sa beauté.

Quand Anna nous a vus tous les quatre attablés, à une heure pareille, elle a compris qu'il s'était passé quelque chose. Sarah a dit : « 'Pa a fini son livre. » Anna le savait depuis la veille. Elle a souri et passé sa main dans mes cheveux. « Pour fêter ça, j'ai dit, c'est moi qui, ce matin, vous conduis à l'école. »

Le copilote a failli s'étrangler, Jacob a souri et Sarah a bondi dans sa chambre enfiler son jean. Pour la première fois de ma vie, j'étais un père épatant.

Un quart d'heure plus tard, on était tous devant la Triumph. Embarrassés. J'ai organisé le transport : « Sarah devant avec Jonathan, Jacob sur les coussins à l'arrière. » Ils se sont glissés comme ils ont pu dans les boyaux de la voiture, mais en tout cas ils étaient contents. J'ai mis les gaz, Anna nous a regardés partir en nous faisant au revoir de la main.

J'avais l'impression de découvrir le monde, le matin, mes enfants, les gens, les rues, les magasins, les trottoirs propres, tout était fantastique. Quand on doublait de grosses boîtes de conserve avec à l'intérieur des gosses bien peignés, Jonathan riait comme un malade. Sa sœur, elle, avait adopté cet air hautain qui ne la quittait pratiquement jamais. Jacob, derrière, en prenait plein la figure.

Quand on est arrivés devant le collège, les autres gosses nous ont regardés nous garer. Avec

je me lève

la vitesse, les boutons de Jacob étaient encore plus violacés. On aurait dit qu'ils allaient exploser d'un moment à l'autre. Des copains de Jonathan s'étaient approchés de la Triumph. Leurs yeux papillotaient devant les cadrans du tableau de bord. C'est exactement comme ça qu'ils devaient imaginer la voiture de Sterling Moss. En fait, ils ne connaissaient pas Moss.

Sarah m'a embrassé devant tout le monde et Jacob s'est emmêlé les pieds en faisant basculer le siège. Il a bredouillé : « Salut 'pa » et a disparu dans le fleuve des grands qui allait se jeter dans la mer des classes. J'ai mis un coup de première et démarré sans rémission. En dépassant une voiture, je me suis mis à penser à Graham Hill. Je pensais souvent à Graham Hill depuis qu'il était mort. J'aimais bien ce type. Un coureur hors pair. Pas un gagneur, un coureur. Avec sa moustache rousse et son casque à côte d'orange, il les enterrerait tous. Mais c'est lui qui était mort. Aujourd'hui, chaque fois que je voyais une course d'autos à la télévision, je pensais à Graham Hill. Les autres, tous les autres qui tournaient à sa place m'excitaient autant qu'un bout de saucisse molle. Ils pouvaient vivre et gagner. Ils ne m'empêcheraient jamais de leur préférer un mort.

J'étais grisé par l'air et le manque de sommeil. Quand je suis arrivé à la maison, Anna était au bord de la piscine. Nous faisions une sacrée paire de fainéants, elle et moi. Quand nous nous étions connus, on s'était juré de bien vivre en en faisant le moins possible. Depuis vingt ans, nous n'avions pas trahi notre serment.

Elle lisait mon livre. J'étais sacrément fier. Je me suis approché d'elle et derrière son épaule je me suis mis à parcourir mon manuscrit. Anna a toujours lu plus vite que moi. Elle vous déboise une page à la tronçonneuse. C'est extraordinaire à voir. Au bout d'un moment elle a dit :

— Tu sais que je déteste qu'on lise dans mon dos.

— Tu trouves ça comment ?

— Laisse-moi tranquille.

Je me suis éloigné. J'étais fatigué, mais je n'avais pas sommeil. J'attendais son avis. Il m'importait plus que tout, plus que celui de mon éditeur ou ceux des critiques de journaux.

Je suis revenu vers elle.

— Si ça ne t'embête pas, essaie de réfléchir à un titre, je n'en trouve pas.

Elle a fait oui de la tête sans quitter le texte des yeux. C'était peut-être bon signe. Ça voulait dire qu'elle était ficelée à l'histoire. L'ennui avec Anna, c'est qu'il fallait se contenter de peu. Elle n'était pas comme ces chroniqueurs à la gomme capables de beurrer du papier pendant des heures. Elle, c'était plutôt du genre : « C'est bien », ou : « C'est pas mal. » « C'est pas mal », ça voulait dire que ça ne valait pas un clou. Quand elle avait donné son sentiment, délivré un qualificatif laconique, il était inutile d'espérer discuter plus avant du livre. Le lendemain, en revanche, elle était plus loquace. Elle comparait mon texte à celui d'auteurs généralement réputés et que nous aimions tous les deux. Elle établissait ainsi des filiations, des parentés dont je sortais

je me lève

souvent grandi. Elle ajoutait parfois : « Il y a un climat. »

Elle parlait toujours de climat. C'était normal. Anna était dingue de météorologie. Les prévisions lui étaient aussi indispensables que le sucre. Je n'ai jamais compris comment une femme, belle, intelligente et cultivée pouvait à ce point se passionner pour le temps qu'il ferait le lendemain. Elle-même était incapable d'expliquer ce qui la poussait à fouiller ainsi le ventre des nuages ou les penderies du vent.

Pour rien au monde elle n'aurait raté un bulletin à la télévision. Comme une endocrinologue, elle suivait la courbe des températures, la progression des anticyclones ou les signes avant-coureurs des moindres dépressions. Il lui arrivait même de vérifier sur plusieurs chaînes la similitude des prévisions.

De loin, sous un soleil blanc, au bord de notre bassin bleu, je la regardais lire. Puis j'allai dans la chambre m'allonger un moment. J'ai regardé les mouches se lécher les pattes au plafond. J'ai mis la radio, et la musique, en jaillissant du poste, a fait du courant d'air dans ma tête. Lentement, mes paupières se sont baissées et je me suis endormi.

Vers cinq heures, Anna est venue me réveiller. Elle m'a donné un long baiser qui m'a fait remonter du trente-sixième dessous. J'ai ouvert mes yeux sur les siens. D'après ce que j'y voyais, ma femme m'aimait encore. Je ne rêvais pas. Je suis resté ainsi un moment, allongé, dans un demi-sommeil, comme un noyé heureux qui aurait perdu l'envie de revenir à la surface. Anna a parlé la première :

— J'ai fini le livre. Il est très bien.

Un instant, je me suis dit qu'il ne fallait pas que j'ouvre les yeux, que je devais rester comme ça dans le noir à goûter cette quiétude, ce bonheur que je ne retrouverais peut-être jamais. Mais je n'ai pas tenu longtemps. J'ai pris Anna dans mes bras et je me suis mis à pleurer.

Quand les enfants sont revenus de l'école, ils m'ont trouvé dans l'eau. Je nageais avec mes lunettes spéciales anti-buée. Du bord, Sarah m'a crié :

— Ça y est, tu t'es remis à faire du sport ?
— Ouais, j'ai gueulé, en avalant moitié air, moitié eau.

C'est vrai que je m'étais remis au sport. Dans ces périodes d'activité, je faisais tous les jours cent soixante-dix longueurs de bassin. Le bassin faisant sept mètres de diamètre, je me tapais onze cent quatre-vingt-dix mètres, un kilomètre deux cents. Un kilomètre deux cents à la brasse coulée. Le tour du monde. Pendant ce temps, je ne pensais à rien, seulement à inspirer et à souffler. J'avais chaque fois la sensation de réaliser un petit exploit. Je n'étais pas encore vieux, je n'étais pas encore mort.

Comme le chlore me rongeait les yeux, je m'étais acheté des lunettes spéciales. Elles me donnaient à la fois un regard de grenouille et un sentiment de puissance. Quand je les avais sur le nez, je savais que rien ne pouvait m'arrêter. Si je stoppais à un kilomètre deux cents, ce n'était pas à cause de la fatigue, mais seulement parce que j'en avais marre de tourner comme un phoque dans un aqualand.

Je suis sorti de l'eau en empruntant l'échelle. J'avais les sinus pleins d'eau, je les entendais gargouiller et se vider goutte à goutte. J'ai dit à Anna qu'il faudrait acheter un pince-nez. Elle a ri. Je n'ai pas compris pourquoi.

Quand je suis entré dans la maison, j'étais déjà sec. Le temps était chaud et lourd. J'ai dit :

— Il va faire orage.

— Ce sont des nuages de traîne, a dit Anna, je peux te dire qu'il ne fera pas orage ce soir.

J'ai aidé à la préparation du dîner. De la cuisine, j'observais les martinets qui venaient boire un coup dans la piscine. Je remarquais aussi qu'ils volaient bas et c'était là un signe qui ne trompait pas. Le soleil avait disparu derrière un paquet de nuages épais comme du coton noir. J'ai redit :

— L'orage arrive.

Anna a fait celle qui ne m'entendait pas. Un vent léger s'était levé et faisait osciller les pieds de lavande et de lauriers-roses. Je suis sorti boire un verre de lait sur la terrasse. Les hortensias ressemblaient à d'énormes salades fleuries. On avait sans doute les plus gros hortensias de la ville. Une voisine nous avait même demandé un jour la permission de les photographier. Chacun avait la hauteur d'un homme et la largeur de deux Triumph. C'étaient des monstres. Ils donnaient des fleurs plus grosses que des boules de bowling.

J'ai regardé le ciel qui venait vers nous. Il était

noir comme de l'encre. Il fallait avoir une sacrée foi en la météorologie pour croire que les semi-remorques de pluie qui nous fonçaient dessus étaient de simples nuages de traîne. Dès que j'ai pris la première goutte sur la tête, j'ai compris que ça n'allait pas rigoler. Quand je suis arrivé à la cuisine, j'ai tout de suite vu qu'Anna essayait de couvrir le bruit de tonnerre avec son mixer. Ça m'a fait rire. Quand la foudre est tombée à cent mètres de la maison et que ma femme a sursauté comme un ressort, j'ai lancé :

— C'est rien, c'est un éclair de traîne.

Je me suis sifflé un autre verre de lait. J'étais content. La météo l'avait dans le cul. Il faut toujours se fier aux martinets.

Après dîner, on a tous regardé la télévision. Il y avait trois postes à la maison, mais il était rare que la famille se dissocie dans des moments pareils. La raison en était simple : seul le récepteur du salon avait une image potable. A voix basse, j'ai demandé à Anna :

— Tu as pensé à mon titre ?

Elle a fait oui de la tête.

— C'est quoi ?

— « Tous les matins je me lève. »

Dans la fraction de seconde, j'ai trouvé ça au poil. Facile, simple, pas prétentieux. Au poil. J'ai éclaté de rire tellement j'étais content. Les gosses m'ont regardé d'un drôle d'air et la télé a continué de faire des images. J'ai dit à Anna :

— Tu es formidable, c'est exactement ça, « Tous les matins je me lève », c'est ça le titre.

J'ai filé à mon bureau, j'ai pris une feuille de

je me lève

papier et j'ai tapé « *Tous les matins je me lève*, roman de Paul Ackerman ». Puis j'ai raturé et ajouté : « roman d'Anna et Paul Ackerman ». Anna méritait bien ça. Je lui ferais la surprise et l'éditeur n'aurait rien à redire. J'ai mis la feuille sur la première page du manuscrit, cette fois mon livre était bien fini. Il s'appelait : *Tous les matins je me lève*.

Je n'arrivais pas à m'endormir. Je pensais à trop de choses. Dès que la nuit tombait, mon esprit s'ouvrait comme le rideau métallique d'un magasin. Et les idées entraient, sortaient, faisaient du bruit, buvaient un coup, posaient des questions et parlaient pour ne rien dire.

A ces moments-là, la nuque clouée sur l'oreiller, je haïssais Anna qui dormait tranquillement. Elle avait un sommeil fantastique, régulier, silencieux comme un V8, angoissant comme une mer trop calme. Il ne venait pas progressivement, il la saisissait d'un coup, comme la mort. Pendant ce temps, je pensais à ma vie.

Pour essayer de m'endormir j'avais plusieurs méthodes. Je louchais dans le noir pour fatiguer mes muscles oculaires. Ou bien je m'imaginais à bord d'une fusée toute vitrée qui m'emportait dans l'espace ou au ras de l'océan. Ou encore je me laissais glisser dans un boyau sans fond, une espèce d'intestin lisse qui s'enfonçait jusqu'au plus profond de la terre. Et si tout cela échouait, il me restait encore un bon cachet qui, lui, ne faisait pas le détail. Une demi-heure plus tard, j'étais raide comme une bûche.

Le radioréveil indiquait trois heures trente-sept. J'avais les yeux grands ouverts et dans la tête, mon éternel regret, celui qui ne m'avait jamais quitté, celui qui ne me lâcherait jamais. A trois heures trente-sept du matin, moi, Paul Ackerman, mari d'Anna, père de Sarah, Jacob et Jonathan, propriétaire d'une maison avec piscine et d'une TR4 65, j'étais prêt à tout recommencer, tout quitter pour jouer une fois seulement, et de préférence au poste d'arrière, dans la sélection nationale de rugby. Bien sûr que j'étais trop vieux, bien sûr que tout ça était une obsession ridicule et pourtant, chaque nuit, je me tenais prêt, au cas où l'entraîneur viendrait frapper à la porte de la chambre en disant :

— Ackerman, grouillez-vous, le titulaire s'est claqué, on a besoin de vous pour baiser les Anglais.

Alors chaque nuit c'était pareil. Je me retrouvais dans le vestiaire avec les autres. Ça sentait l'humidité et l'embrocation. Et puis il y avait le tunnel, ce boyau sans fin qui menait au terrain. Sur le ciment les crampons crépitaient comme des pétards mexicains. Enfin, j'entrais sur le stade en courant, en levant haut les genoux. Dans le dos j'avais un numéro sur le maillot, mon numéro, le quinze. Les gradins étaient pleins à craquer. Les gens hurlaient de joie et chantaient les hymnes nationaux. Les copains me serraient fort contre eux, ils savaient que j'avais peur, comme tous les débutants, comme tous les types repêchés au dernier moment, ils savaient que mon ventre se tordait dans tous les sens. En face, dans

je me lève 53

leurs maillots blancs, les British avaient des gueules d'étudiants professionnels.

Ce sont eux qui ont donné le coup d'envoi. La balle est arrivée tout droit dans les bras de Paul Ackerman. Un instant, il l'a serrée très fort contre lui, comme s'il tenait à la fois Anna, Sarah, Jacob et Jonathan, puis il a fait quelques pas et, calmement, a tapé dans le ballon comme on chasse la mort. Le coup de pied a traversé le stade. La foule a applaudi à tout rompre, les copains ont souri, les Anglais pouvaient aller se faire voir.

Tout le reste de la partie, j'ai joué avec autant de réussite, tantôt au pied, tantôt à la main. A un moment, je me suis intercalé, bien lancé, parmi les trois-quarts. Quand ils m'ont vu surgir, les British n'ont même pas fait un geste. Ils savaient qu'on n'arrête pas une TR4. Comme je me sentais bien, j'ai moi-même transformé mon essai. Debout, la foule hurlait : « Ackerman, Ackerman. »

J'ai regagné mon poste en trottinant. Les copains au passage me tapaient sur l'épaule. Ensuite, les Anglais se sont rebiffés. On a subi le match. Il a fallu que je plaque. J'étais un sacré plaqueur. Je bondissais sur les cuisses du type et me laissais glisser comme un nœud coulant jusqu'à ses chevilles.

A un moment, j'ai récupéré un sale ballon sur ma ligne de but et j'ai décidé de contre-attaquer. J'évitais les Anglais comme si c'étaient des buissons d'orties, et puis, quand je me suis retrouvé coincé le long de la touche, j'ai tapé à suivre. C'est là que le seconde ligne d'en face m'a descendu sans ballon. J'étais étendu sur la pelouse. Je voyais le ciel et des mouettes blanches, je voyais aussi les slips de mes copains sous leurs flottants. On m'a porté sur la touche. Ma tête allait dans tous les sens, j'étais vraiment sonné. Le public conspuait le fautif. Trois minutes plus tard, j'étais debout. Je n'avais pas vraiment récupéré, mais j'étais debout. Et quand je suis revenu sur la pelouse, les applaudissements se sont élevés si fort qu'ils ont fait dévier la trajectoire du ballon. J'avais du sang sur le visage et une rage incroyable dans le regard. La foule scandait mon nom. Je me suis contenté de renvoyer les Anglais chez eux à grands coups de botte, jusqu'au moment où j'ai vu le seconde ligne qui m'avait nettoyé s'échapper d'un regroupement. On s'est retrouvés face à face. Il était deux fois comme moi, pourtant quand il a vu mes yeux je crois qu'il a eu peur. Il a trop tardé avant de donner la balle. Il a eu tort. Je l'ai bien cadré, j'ai appuyé à fond sur les gaz et à la régulière je l'ai descendu. Le choc avait été tel que j'ai eu l'impression d'avoir ouvert l'Anglais en deux. Mais non, il était encore entier, seulement étendu dans l'herbe comme un poisson sur un lit de glace. Un quart d'heure plus tard, c'est tout juste s'il se rappelait que pour parler il fallait bouger la langue.

On avait désintégré les British. Dans le vestiaire, les journalistes disaient que j'étais l'homme du match. Je souriais en leur répondant que c'était l'équipe tout entière qui avait été formidable. Et puis, quand le stade a été vide, qu'on s'est retrouvés seuls, entre nous, les quatorze gars et

je me lève

moi, on est revenus sur le terrain, on s'est mis tous au centre, on s'est serrés les uns contre les autres et ensemble on a pleuré.

Des matches comme celui-là, on sentait bien qu'on n'en rejouerait pas de sitôt. Avant de nous séparer, j'ai voulu annoncer la nouvelle aux copains : j'arrêtais la compétition. Ils semblaient abasourdis. Le jour même de ma consécration, je me retirais. Je les ai salués de la main en m'éloignant. Je les ai vus monter dans le car et je me suis effondré comme du vieux linge sur le fauteuil de la Triumph. J'imaginais déjà les titres des journaux : « Ackerman raccroche. »

Voilà. C'était quelque chose comme ça que j'aurais aimé vivre au moins une fois dans ma vie. Un match de rugby à ce niveau, avec des larmes et des pansements. Rien au monde n'était à mes yeux aussi fort que ça. Aucune drogue, aucune femme, aucun enfant, aucun argent, aucun livre ne pouvait procurer de semblables fourmillements de bonheur. Alors, toutes les nuits depuis que j'étais gosse, je disputais d'inépuisables rencontres d'anthologie contre les Anglais. Et, toutes les nuits, j'avais toujours la même peur au moment de pénétrer sur le terrain. Et, toutes les nuits, je me payais le seconde ligne. Et, toutes les nuits, pendant qu'Anna, à quelques centimètres de moi, dormait dans le noir et le silence, soixante-dix mille personnes, debout, sur les gradins, hurlaient : « Ackerman, Ackerman ! »

Sept

C'est la sonnerie du téléphone qui m'a réveillé. Au début, je me suis enfoncé dans l'oreiller en grognant, mais comme ça continuait je me suis levé pour répondre. Au passage, j'ai vu qu'il n'était pas loin de midi. J'ai regardé le combiné frétiller comme un oiseau stupide, et j'ai décroché. C'était l'éditeur, Robert Gurney en personne.

— Paul ? Comment allez-vous, Paul ? Cet accident, ça va mieux ?

— Ça va, et vous ?

— Faut qu'on se tutoie, Paul, depuis le temps, quand même, on pourrait se tutoyer.

— Pas question.

— Comme vous voudrez. Paul, il faut qu'on se voie aujourd'hui, c'est possible ? Vous passez chez moi ? Dix-sept heures, ça vous va ?

— Dix-sept heures, O.K.

La fête était finie. J'étais mal réveillé. J'avais les lèvres en carton et tout le corps brisé par le match de cette nuit. Je n'avais plus l'âge de disputer de pareilles rencontres. La maison était vide comme la bouche d'un mort. Anna était sortie, elle devait être chez Louise. J'ai mis la machine à café en route. Je détestais cet appareil. Il faisait un bruit dégoûtant. On aurait dit qu'il se grattait la gorge puis crachait dans le filtre. Je le regardai faire. La tasse s'est remplie goutte à goutte, j'ai mis trois sucres et je suis sorti. Le ciel était tout gris, l'orage d'hier n'avait pas rafraîchi la température. La pelouse était hirsute. Quand je lui ai marché dessus, ça n'a pas arrangé les choses. Je suis allé m'asseoir au bord de la piscine, j'ai laissé pendre mes jambes dans l'eau, je me suis déshabillé et j'ai nagé. Pas question de faire un onze cent quatre-vingt-dix mètres aujourd'hui. De toute façon, je n'avais pas apporté mes lunettes spéciales. J'ai pensé : « Comme tu vas en ville, ne pas oublier d'acheter un pince-nez. »

Et je suis allé faire un tour sous l'eau. Il y faisait bon et je n'y entendais que les bruits de mon cœur. Je suis sorti par l'échelle et j'ai fini ma tasse. La fête était vraiment terminée. J'avais une sorte de brume dans la tête, une brume noire comme celle qui doit recouvrir les bureaux de campagne de l'Union minière du Haut-Katanga.

Quand j'étais gosse, à la radio, j'entendais toujours parler de l'Union minière du Haut-Katanga. Je m'imaginais un endroit dégueulasse en pleine montagne où des Blancs devaient en faire suer à des Noirs. Plus tard, je n'ai plus écouté la radio. Mes parents avaient acheté la télévision.

Quand je pensais à mon père ou à ma mère, c'est que les choses allaient mal. Et ce matin, je ne pouvais m'empêcher de les revoir devant le capot ouvert d'une Chevrolet Bel-Air dont le radiateur semblait fumer la pipe. Ils étaient figés devant ce désastre pendant que moi, à l'intérieur de l'auto, assis à l'arrière, je contemplais une dernière fois ses épaisses garnitures de velours. Quelque chose me disait que je ne les retrouverais pas de sitôt. Quand la dépanneuse est arrivée, que le type, en combinaison bleue, a planté son hameçon dans la gueule de la Bel-Air, j'ai compris que c'était fini. J'ai demandé à mon père :

— Où il l'emmène ?
— Au cimetière.

J'étais triste et j'ai pensé que, pour l'enterrer, il faudrait faire un sacré trou.

Maintenant, les pieds dans l'eau, je songeais qu'il avait fallu pas mal de temps pour que mes parents s'habituent à moi. Je pensais ça sans raison.

J'étais assis à mon bureau. *Tous les matins je me lève* était face à moi. Il suffisait de le glisser dans une chemise. Cette fois encore j'avais fini. C'était mon huitième livre. Il faudrait bien que ça s'arrête un jour. J'écoutais le silence de la maison, je me disais que ce serait comme cela tous les matins, tous les soirs, toutes les nuits si Anna mourait et si les enfants se faisaient écraser un à un en sortant du collège. Tout d'un coup, je me suis vu seul, veuf, avec ma tasse à demi vide et mes petites jambes dans mon grand short. Je me suis vu tel que j'étais. J'ai préféré regarder ailleurs. Ma vie ne ressemblait à rien et pourtant je n'avais jamais vécu autrement.

J'aurais aimé qu'Anna me voie avant que j'aille

chez Gurney. Je m'étais habillé pour donner le change. Avec ma veste grise, ma chemise rayée, mon vieux jean et mes boots, je pouvais faire illusion. J'ai passé la main dans mes cheveux, ils étaient juste longs comme je les aimais.

La Triumph était encore plus belle par temps gris. Elle devait être magnifique sous la pluie. Sous la pluie, toutes les voitures ont de la gueule.

J'ai pris la grande avenue et je suis passé devant l'endroit où j'avais eu l'accident. J'ai pensé à la Karmann, j'ai revu ses grands yeux tournés vers le ciel et j'ai fait une chose stupide. J'ai klaxonné pendant cent mètres, j'ai corné comme un fou. Le type qui était devant moi s'est demandé ce qu'il avait bien pu faire pour déclencher ainsi ma mauvaise humeur. Il ignorait que je hurlais à la mort.

Derrière mes lunettes noires, je ne pouvais m'empêcher de voir le regard vide de ma voiture. J'ai mis un coup de troisième et j'ai donné toute la gomme. Je n'ai pas doublé toute la file, je l'ai laissée sur place. Le six cylindres grognait comme un chien prêt à mordre. Au bout de l'avenue, juste avant le virage, je suis rentré dans le rang. Sur le siège, là où Anna s'était assise, il y avait *Tous les matins je me lève*.

J'avais la tête emplie de noirceur. Après le virage, j'ai de nouveau mis les gaz et j'ai eu l'impression de voler.

J'ai garé la voiture devant les bureaux de Gurney. Je ne suis pas monté tout de suite. J'ai regardé l'immeuble puis j'ai pris mon livre dans les mains. Il faisait un poids normal, il était viable, il avait quelque chose de son père et le nom de sa mère. C'était un livre comme un autre, comme il en naissait des centaines tous les jours, le livre d'un homme assis dans une voiture et qui n'avait qu'une chose à dire, que tous les matins il se levait, bien qu'il ne vaille pas grand-chose et qu'il ne croie en rien.

J'ai encore regardé l'immeuble, le ciel qui filait, l'air qui passait et les voitures qui brûlaient de l'essence. J'avais toujours mes lunettes noires sur le nez. J'ai redémarré. Il était dix-sept heures, mais j'ai redémarré. Un peu plus tard, j'étais assis sur l'aile de ma voiture au bord de la route de la côte. La plage était déserte et seuls les rouleaux faisaient valser le sable.

Le livre était toujours assis à la place d'Anna. Il devait penser que j'avais un drôle de caractère. Les mouettes faisaient du vol stationnaire au-dessus de ma voiture. Elles n'en avaient sûrement jamais vu des comme ça.

Quand Anna m'a vu passer la porte, le manuscrit sous le bras, elle a dit :
— Tu n'es pas allé chez Gurney ?
— Non, j'ai fait.

Et, sans voir les enfants, je me suis enfermé dans le bureau.

Le téléphone a sonné, je n'ai pas répondu. Anna a pris la communication dans l'autre pièce. J'entendais le son de sa voix, je savais à qui elle parlait, je ne bougeais pas. La porte du bureau s'est ouverte et Anna a dit :
— C'est Gurney.
— Je le prends.

je me lève

Elle a raccroché dans le salon, j'ai décroché dans mon bureau.

— Gurney ?

— Faites chier, Ackerman, je vous ai attendu tout l'après-midi. C'est quoi, ces manières ?

— J'étais en panne sur la route avec ma nouvelle voiture.

— Pouviez pas me téléphoner ? Faites chier, Paul, vraiment.

— Gurney, j'ai une bonne nouvelle, le livre est fini.

— Tu pouvais pas le dire plus tôt ? Formidable, Paul. Pour fêter ça on se tutoie, après tout ce temps.

— Pas question.

— Ça va, Ackerman, ça va. C'est quoi le titre ?

— *Tous les matins je me lève.*

— *Tous les matins je me lève*... Ça a l'air de rien comme ça, mais c'est un titre. C'est un titre, Paul. Vous venez demain.

— J'essaierai.

— Pas question d'essayer, vous venez, Paul. Je compte sur vous. Et n'espérez pas me refaire le coup de la panne.

— D'accord, Gurney.

— Dix-sept heures ?

— Dix-sept heures.

J'ai raccroché et je suis allé voir les enfants. Ils étaient tous les trois au bord de la piscine. Je les ai embrassés avec plaisir. Sarah a dit :

— Demain, ce serait bien si tu pouvais m'emmener chez les orthodontistes, j'ai rendez-vous à seize heures.

— Au poil, je dois justement être en ville à dix-sept heures.

J'ai regardé ses dents, on aurait dit trente-deux pigeons blancs bagués et prisonniers dans du fil de fer. Je ne comprenais pas que mes enfants puissent supporter un pareil attirail. A leur âge, il aurait fait beau voir qu'un mécanicien dentiste me fourre de pareils boulons dans la bouche. En plus, la nuit, Sarah dormait avec une sorte de casque de seconde ligne relié à des élastiques que j'imaginais fixés au fond de sa gorge. Je ne pouvais la voir dans cet état, ça me faisait de la peine. J'avais envie d'arranger les molaires des orthos à la clef anglaise. Sales types, sale métier, pire que les assureurs.

On a mangé des blancs de poulet. En les voyant rangés dans le plat comme des aubergines, je les imaginais fricotant deux jours auparavant dans une basse-cour. Anna m'a dit que c'était du congelé. Curieusement, ça a atténué mon remords. J'ai pensé qu'ils étaient morts depuis des années et que leur famille avait même oublié leur existence.

Ensuite, j'ai tourné jusqu'à deux heures du matin. Mon livre était fini, la maison était silencieuse et tout le monde dormait. Je suis allé au garage, j'ai sorti la voiture et l'ai garée dans le jardin.

Je suis monté dedans et j'ai regardé la nuit. Elle était claire et, contrairement à ce qu'avait annoncé la météo, je savais qu'il ferait beau demain. On entendait des oiseaux pépier dans les

je me lève 63

arbres. Le ciel était plein d'étoiles. J'en ai choisi une au hasard, et j'ai imaginé que, de là-haut, la Karmann me regardait et veillait sur moi. La Karmann et peut-être aussi la Bel-Air.

Huit

Je me suis réveillé vers midi. Anna était au téléphone. Elle pouvait y passer des heures. Je lui ai dit bonjour d'un sourire et j'ai filé boire mon café. A seize heures, j'étais devant le collège. Sarah aussi. Il y avait quelqu'un avec elle, une fille de son âge avec une tête de phoque. Elle avait vraiment une tête de phoque. Sarah a dit :

— Elle a aussi rendez-vous chez les orthos.

Ma fille est montée à l'avant et l'autre s'est calée sur les coussins à l'arrière. Je la surveillais dans le rétroviseur. J'avais peur qu'elle n'abîme les sièges avec ses nageoires. A un moment, elle a ouvert la bouche, on aurait dit la vitrine d'un quincaillier. Quand on est arrivés devant l'immeuble des ferrailleurs, j'ai dit à Sarah :

— Vous ne devriez pas vous laisser fourrer des trucs pareils dans les dents.

Le phoque m'a regardé avec des yeux qui en disaient long.

La secrétaire de Gurney était une fille au poil. Dès qu'elle m'a vu, elle est allée vers le petit frigo et m'a servi un verre de lait. On a parlé de choses et d'autres. Ses seins étaient si petits qu'on aurait dit deux moineaux. De temps en temps, ils sautillaient dans leur cage. Gurney est sorti de son bureau, il était dix-sept heures quinze, il n'y avait rien à dire.

— Entrez, Paul, entrez, parlez-moi de cet accident.

J'aimais bien Gurney. Je ne suis pas du genre à vomir sur un éditeur. Le mien est un type correct, il porte des bretelles, des vestes à carreaux, travaille à heures fixes et lit les livres en commençant par le début. Il a toujours un minimum de respect pour le type qu'il a en face de lui. Et puis il signe les chèques sans faire d'histoires. Il fait partie de ces gens qui peuvent vous comprendre quand vous lui dites que vous avez mal aux dents ou que votre voiture tire moins qu'avant. Il sait ce qu'est la mort, il est veuf.

— J'ai réfléchi à votre titre, Paul, c'est un sacré titre.

— Il n'est pas de moi.

— Je m'en fous, c'est un bon titre.

J'ai regardé les murs de son bureau. Il y avait des kilomètres de livres sur les étagères. Tous avaient un bon titre.

On a parlé un moment de ma nouvelle voiture et de sa vie passée, et ensuite je suis parti. Je lui ai laissé *Tous les matins je me lève* sur le bureau. Dans quelques mois ça lui ferait un bouquin de plus à ranger sur ses rayonnages.

En roulant vers la maison, j'ai fait un détour par la route de la côte. L'air y avait toujours une densité particulière. Je me suis arrêté près de la plage. Le moteur de la voiture tournait au ralenti. J'ai eu l'impression d'être dans un bateau.

Anna et les enfants étaient à la cuisine. Ils parlaient des choses de la journée. Quand je suis entré, Sarah m'a dit :

— 'Pa, les orthos m'ont réclamé un chèque. On leur doit six mois.

— J'emmerde ces salauds. Ils n'auront pas un rond et tu vas me faire le plaisir de ne plus remettre les pieds chez eux.

— On leur paiera ce qu'on leur doit, a fait Anna. Il faut que Sarah porte son appareil jusqu'à la fin de l'année.

Anna était très pointilleuse sur les dents des enfants. Il fallait qu'elles soient parfaites, que leur alignement soit irréprochable. Je n'ai jamais compris une telle obstination. Je suis sorti de la cuisine contrarié. J'ai allumé la télévision. Un speaker qui avait l'air de bonne humeur souriait en montrant ses incisives.

Vers onze heures, on a sonné à la porte. Les enfants étaient déjà couchés. C'était Thomas. Thomas Lipsky, le seul ami que j'avais dans ce métier de pedzouilles et de gominés. Thomas faisait des livres qui racontaient tous la même histoire. C'était un écrivain comme je les aime. Il avait une tête de mathématicien et l'âme d'un théologien. C'était un homme intelligent, compliqué, tendre et teigneux. Il s'est assis comme on s'effondre en fin de journée, s'est relevé, s'est traîné jusqu'au téléphone, a appelé sa femme, lui a dit qu'il était chez moi, et qu'il rentrerait tard. Je crois aussi qu'il l'a embrassée. On s'est sifflé deux verres de lait chacun, puis il m'a dit :

je me lève

— A force de boire ce truc-là, un jour il va finir par nous pousser des mamelles.

Il a sorti une feuille de sa poche. C'était un bout de journal. « Les rengaines de Lipsky ». C'était le titre du papier de Jim Annibal, l'un des critiques les plus redoutés de la profession. Ça se terminait par : « Lipsky se prend pour Durrell, il est bien le seul. » Annibal éreintait Thomas. Il ne le flinguait pas comme on tire un lapin, il l'exécutait à petit feu. Annibal était un arracheur d'ailes de mouche, puis de pattes, et, quand vous n'étiez plus entre ses doigts qu'un tronc d'insecte démantibulé, il vous reposait sur le bord de la vitre ou le coin du bureau et partait, calme et serein, en éteignant la lumière. C'était sa manière à lui de vous laisser une chance.

Ce qu'il avait écrit sur le livre de Thomas était vraiment dégueulasse. J'étais fou de rage. C'était d'ailleurs là une des particularités de l'amitié qui nous liait, Thomas et moi. On se communiquait spontanément nos colères par une sorte de contamination fulgurante. Une telle solidarité dans la haine avait quelque chose d'étonnant. Il suffisait qu'il me dise deux ou trois choses désagréables à propos d'un type dont j'ignorais tout pour que, dans l'instant, ce gars-là devienne mon ennemi personnel. Je l'affublais d'un physique insupportable et, dès que je l'avais ainsi matérialisé, m'en prendre à lui devenait un jeu d'enfant.

Pour Annibal, je n'avais pas eu à faire tous ces efforts. Je le connaissais et ne l'avais jamais aimé, même quand il avait dit une ou deux fois du bien de mes livres. Celui de Thomas était formidable.

Il s'intitulait *Le Contraire du coton*. C'était un titre à vous couper le souffle. Annibal était une ordure. Thomas disait : « Tu vois, je lui mettrais bien mon poing dans la gueule. »

On a rebu du lait et à la fin de la bouteille on était en pleine forme. Je l'ai amené au garage voir la Triumph. Lui aussi adorait les vieilles décapotables. Quand il a vu les compteurs luisant comme des alliances, Annibal n'était plus dans sa tête qu'un vieil étron sec. Thomas m'a proposé d'aller faire un tour. Quelques minutes plus tard, on était sur la route de la côte à serpenter face à la mer. Dans les phares, j'ai vu un carton au milieu de la route. J'ai gueulé : « Vise Annibal » et mis les gaz. On a entendu un bruit sous le châssis, Thomas s'est retourné, Annibal gisait en morceaux sur le goudron. L'air nous lavait les cheveux et sifflait entre nos dents. Avant de revenir à la maison on s'est arrêtés en bordure de la plage.

— *Le Contraire du coton* est un bon livre, j'ai dit.

— J'en sais rien.

— Moi je te dis que tu as fait un bon livre et je m'y connais, j'suis écrivain.

On a ri bien qu'il n'y ait pas de quoi. Et puis on a parlé de la profession. On l'avait choisie parce qu'on s'était imaginé que c'était plus facile que la météorologie. On avait eu tort. Personne dans les journaux n'enfonçait un type qui s'était trompé sur le temps. Ça nous a fait réfléchir un moment. En fait, ni lui ni moi n'étions des écrivains. On était juste des types à histoires, des types aussi

je me lève 69

bien capables d'en faire que d'en écrire. On n'avait aucune ambition particulière, si ce n'était celle de vivre le plus longtemps possible. On avait décidé de s'économiser durant toute la course. Ce n'était pas une raison pour se laisser labourer par un Annibal.

— Tu dors à la maison, j'ai dit, demain on va régler son compte à ce type.

On est rentrés comme des escargots. En arrivant, on est allés tout droit au frigo et on a ouvert une bouteille de lait.

Neuf

En me levant j'étais en forme. Il était plus de midi et j'étais en forme. Thomas déjeunait avec Anna au bord de la piscine. Pendant que je préparais mon café, je les ai vus rire ensemble. Ça a fini de me mettre de bonne humeur.

Vers trois heures, on était prêts. Je m'étais habillé comme pour aller chez mon éditeur. Je me suis regardé dans la glace et j'ai pensé : « Je n'aimerais pas être à la place d'Annibal en ce moment. » Thomas était calme. Il riait tout le temps. Sa colère semblait être retombée. C'était bon signe. Il n'était jamais aussi redoutable que lorsqu'il se trouvait dans ces dispositions. J'avais envisagé une discussion terrible avec Annibal, des insultes certainement, mais à voir Lipsky, maintenant, je n'excluais plus le coup de poing. Il faut se méfier des buveurs de lait. Ils ont parfois des réactions d'alcoolique atrabilaire. Annibal pensait sans doute qu'on carburait au bourbon. Il allait voir à quoi ressemblait *Le Contraire du coton*, on allait le lui faire toucher du doigt.

Quand on est arrivés au journal, une vieille

Tous les matins je me lève

secrétaire nous a demandé nos noms. On lui a dit qu'on venait voir Annibal. Elle a insisté pour avoir nos noms. Ça nous a agacés. Lipsky a dit : « Hemingway Ernest et Faulkner William. » Sur son carnet, sans sourciller, l'autre imbécile a noté : « Hemingway Ernest et Faulkner William ». Ça ne pouvait pas mieux commencer. Ensuite, elle a disparu dans un dédale de couloirs. On n'a pas eu la présence d'esprit de la suivre. C'était en quelque sorte une faute professionnelle. Quand elle est revenue, son air avait changé. On voyait bien qu'elle venait de se faire allumer. Sèchement, elle nous a dit : « M. Annibal n'est pas là, il sera d'ailleurs absent du journal pour toute la journée. » J'ai vu le moment où Hemingway allait frapper une vieille. Mais les buveurs de lait ne font pas des choses pareilles. Il s'est ressaisi et s'est contenté, sur un ton qui ne souffrait pas la réplique, de demander à la secrétaire de prendre un message pour Annibal : « Vous direz à cette face de rat, à ce petit contremaître de l'écriture qu'il a du souci à se faire, qu'il a maintenant Hemingway et Faulkner sur le râble. Dites-lui aussi qu'on ne le lâchera plus, qu'on est des chiens enragés et qu'on le mettra en morceaux. » Et là j'ai vu une chose incroyable. La vieille prenait en sténo sous la dictée, qui la traversait comme du courant électrique. Elle était tellement terrorisée par Thomas qu'elle prenait tout ça en sténo.

En sortant du journal, on était déçus. Hemingway et Faulkner s'y seraient pris autrement. Ils ne s'en seraient pas laissé conter par une employée d'étage, ils lui seraient passés dessus, ils auraient défoncé les cloisons, renversé les bureaux, démonté le journal pièce par pièce jusqu'à ce qu'ils mettent la main sur Annibal. Et quand ils l'auraient trouvé, ils lui auraient passé la tige au cirage avant de lui clouer les ailes au plafond. Oui, voilà comment ils s'y seraient pris, Ernest et William. Au lieu de cela, Lipsky et Ackerman s'en allaient sans même avoir claqué une porte.

C'est en traversant le parking du journal que l'idée nous est passée par la tête. On connaissait la voiture d'Annibal. Tout le monde la connaissait dans le milieu de l'édition. C'était une prétentieuse Mercedes 380 coupé, peinture blanche, intérieur blanc, pare-chocs blancs. C'était une voiture d'assureur nanti. Pour rien au monde, Thomas ou moi ne serions montés dedans. Pourtant, cette fois, c'était différent. Cette espèce de meringue était là devant nous. Elle n'était pas fermée à clef. On a baissé les vitres et on a attendu dehors. Vers six heures, on a vu Annibal sortir du journal. Il était encore plus ridicule que sur la photo qui était toujours en tête de sa chronique. C'était un type de rien du tout habillé de pas grand-chose. Il s'est approché de sa voiture. Quand il a été tout près, quand on a été sûrs qu'il ne pouvait pas ne pas nous voir, on a tiré sur nos braguettes, sorti notre attirail, et longuement, consciencieusement, en fermant les yeux, on a pissé sur ses coussins. Il est resté pétrifié. Il voyait notre urine jaunir ses sièges et rebondir joyeusement sur le tissu. Il était si bouleversé que sa gorge semblait pleine de con-

je me lève

fiture. Au bout d'un moment il s'est éloigné. On a rengainé et on l'a suivi.

De temps en temps, il se retournait. Cette fois, il avait bien Ernest et William sur les talons. Il pressait le pas, nous aussi. On était des chasseurs, des traqueurs, de vrais tueurs. Au bout de deux cents mètres, il s'est mis à paniquer et est monté en courant dans le premier autobus qui passait. On l'a regardé s'éloigner comme une épluchure emportée par la marée. En revenant sur le parking, on a jeté un œil vers la Mercedes. Thomas a dit : « C'est dommage pour elle, elle n'y était pour rien. » J'ai mis le contact, la Triumph a frétillé comme une anguille et, sans qu'on ait besoin de le lui demander, nous a conduits sur la route de la côte. On est restés là un moment à parler face à la mer. Ernest et William faisaient une sacrée paire. Les mouettes nous tournaient autour avec un air de fête. Elles semblaient plutôt fières de nous. Jusqu'au moment où l'une d'entre elles a tout gâché en lâchant une chiure sur le capot. Thomas a dit : « Ça doit être une lectrice d'Annibal. »

Dix

On a tous dîné ensemble, Anna, les enfants, Thomas et moi. On a mangé deux pizzas congelées. Elles manquaient d'anchois. On a bu du lait frais et on a parlé. Ce fut une soirée confortable comme de la plume. Ensuite, Lipsky est parti. Je l'ai raccompagné jusqu'à sa voiture. C'était une Volvo récente, celle dont Anna rêvait, justement. Thomas en était content, un peu comme on peut se satisfaire d'une paire de chaussures à semelle épaisse. Il a ouvert la porte, s'est installé au volant, a posé ses mains sur les diverses manettes ergonomiques au design de logiciel et a dit : « Quand je vois ça, après la Triumph, je me dis que l'innovation est parfois le termite du patrimoine. » J'ai demandé :

— Où tu vas chercher des phrases pareilles ?

— Je les entends en même temps que toi. Je sais pas d'où ça vient. » Il m'a fait un sourire aussi doux qu'un coulis de framboise et la suédoise s'est enfoncée dans la nuit.

Dans une demi-heure, Thomas arriverait chez lui. Je l'imaginais dans sa maison. Il la détestait, mais n'était jamais arrivé à la quitter. Cent fois il m'avait annoncé qu'il déménageait, qu'il avait trouvé quelque chose de formidable, mais, toujours pour de confuses raisons, au dernier moment, il avait renoncé et était retourné dans son terrier humide.

Lipsky avait une autre particularité. Il avait un camping-car. Un engin invraisemblable qui ressemblait à une boîte de pâté sur laquelle on aurait soudé une casquette.

Quand on en parlait, Thomas m'avouait : « J'en ai honte, mais je n'y peux rien, j'en ai besoin. » Et c'était vrai qu'il en avait besoin. Il n'a jamais voulu dire pourquoi, ni à moi, ni à sa femme, à personne, mais, quand il avait un coup de cafard, il montait dans sa boîte et prenait la route. Il disparaissait une semaine entière. On n'entendait plus parler de lui.

Quand il rentrait, il avait dix ans de moins, un visage reposé, des cheveux un peu plus longs et, sur lui, une légère odeur de poisson. Pourtant, il ne pêchait pas et détestait les bains de mer. Il rangeait sa casquette sous un hangar, mettait les clefs dans un tiroir de son bureau et remontait d'un bond dans sa vie comme on prend un train en marche. Longtemps j'avais espéré découvrir ce qu'il faisait et où il allait durant ces semaines, et puis, comme sa femme, je m'étais habitué à respecter son mystère.

Je n'arrivais pas à dormir. Je repensais encore à Jim Annibal, je revoyais sa Mercedes blanche sur ce parking au soleil. Il n'était pas près de se rasseoir dedans.

Onze

Le téléphone sonnait. Je me suis levé comme un infirme. Il faisait jour, mais je n'avais aucune idée de l'heure. J'ai décroché, c'était Gurney.

— Ackerman ? Faites chier, Ackerman. Vous êtes fou ou quoi ? C'est quoi, ces manières ? Qu'est-ce qui vous a pris, Ackerman ?

— Vous parlez de quoi, Gurney ?

— D'Annibal, bon Dieu, de quoi voulez-vous que je parle ? Ce type-là nous tient tous à la gorge et vous ne trouvez rien de mieux que de pisser dans sa voiture. Vous êtes givré, Ackerman.

— Vous avez lu le livre ?

— Bien sûr que je l'ai lu, il est au poil. Il est au poil et il est foutu avant même de sortir, vous comprenez ça, Ackerman ? Foutu.

— A cause d'Annibal ?

— Faites chier, Ackerman, les types comme vous me font chier. Pendant des années, vous faites un bon boulot, et, on ne sait pas pourquoi, un jour vous débloquez et vous foutez tout en l'air. J'en ai marre d'avoir des gens comme vous dans mon écurie. Votre bouquin, je le sors parce que

Tous les matins je me lève

c'est vous, mais vous l'avez tué avec vos conneries. Annibal, lui, il ne va pas vous pisser dessus, il va simplement tirer la chasse, et vous allez disparaître dans le trou, Ackerman, dans le trou.

— Gurney, vous avez aimé le bouquin ?
— Ouais. Et c'est justement pour ça qu'il nous fallait Annibal. Il n'y a plus rien à faire, Ackerman, vous êtes cuit, Annibal va vous dégommer.

Gurney avait raison, mais ça m'était égal. Annibal n'avait eu que ce qu'il méritait. J'ai regardé ma montre, il était neuf heures. J'ai imaginé la couverture de *Tous les matins je me lève* dans la vitrine d'un libraire et je suis allé me recoucher.

Vers midi, je suis allé faire mon café. Jacob avait amené à la maison un copain qui avait une tête de soldat posant pour une marque de soda et qui était presque aussi grand que moi. Je lui ai dit bonjour de loin. Je n'avais pas envie de parler. Quand je me suis installé sur la terrasse pour déjeuner, Jacob et son copain William sont venus s'asseoir avec moi. Ils ont discuté un moment, puis l'ami de mon fils a dit :

— Vous vous foulez pas, m'sieur.

J'ai regardé ses dents, elles étaient toutes dehors et brillaient comme des perles de culture.

— Je m'économise, j'ai fait.
— Vous me rappelez mon père. Il se lève à midi comme vous, trafique dans les bagnoles, les fait démonter par les autres et revend les pièces détachées à des Noirs. Il dit que les Noirs ne savent pas faire la différence entre une bielle et un piston.

— Moi non plus, j'ai dit sèchement.

J'ai bu ma tasse et suis rentré dans la maison. J'étais abasourdi, scandalisé. Comment pouvait-on comparer Paul Ackerman à un négrier ? Qu'y avait-il de commun entre un fouineur de la mécanique et un dilettante de la littérature ? Ce n'était pas parce qu'on se levait tous les deux à midi qu'il fallait nous fourrer dans les mêmes draps sales.

J'étais d'une humeur massacrante. Quand j'ai vu Anna couper les cheveux de Sarah dans la salle de bains, ça n'a pas arrangé les choses. Ma femme était une maniaque des ciseaux. C'est elle qui a toujours coiffé la maison. Quand elle avait ses outils entre les doigts, il valait mieux ne pas traîner entre ses pattes. Passé la tonte, mes fils ressemblaient à des convalescents fraîchement rasés après une opération. Ma fille ne pouvait rien espérer de mieux qu'une coupe au carré. Régulièrement, sa mère disait : « Je vais lui égaliser les cheveux. » Ça voulait dire que ses longues mèches allaient y passer. Je les voyais tomber comme des brindilles, les ciseaux mordaient dans les touffes comme dans du pain craquant.

Jacob et son copain se baignaient dans la piscine. Je me suis enfermé dans mon bureau et j'ai commencé à dessiner des figures géométriques. J'ai noirci trois feuilles, puis j'ai chassé un frelon qui me tournait autour. Je lui ai fait la peau d'un coup de cahier. Je détestais ces bêtes. Autant quand je les voyais en difficulté dans l'eau de la piscine je sauvais les guêpes, les abeilles, les coccinelles, les lucanes, les araignées et les lézards, autant je ne ratais jamais l'occasion de flinguer un frelon. Ces bêtes-là me flanquaient la frousse.

je me lève

C'étaient elles ou moi. Jusqu'à présent ç'avaient été elles.

Vers deux heures, le frère d'Anna est passé à la maison. C'était un grand type sec comme l'herbe du désert. Tout le monde lui trouvait un sale caractère, mais moi je l'aimais bien. Il traversait la vie comme on avance dans la brousse, en essayant de se frayer un passage. Il faisait un drôle de boulot. Il était réanimateur. Quand vous arriviez entre ses pattes, c'est que vous aviez fait le plus gros du chemin. Quand je le voyais, il m'arrivait de penser : « C'est peut-être lui qui te prolongera un jour. » J'avais donc plutôt intérêt à ce qu'on soit en bons termes.

Le frère de ma femme m'a toujours embrassé pour me dire bonjour. Je n'ai jamais trouvé ça désagréable, mais je ne m'y suis jamais complètement habitué. Surtout devant les gens. Chaque fois que je sens les os de son visage, je pense : « On doit avoir l'air ridicules. » Mais, à part ça, Martin me fait rire. Il a une façon particulière de prendre les autres pour des imbéciles. Sa dernière victime était un de ses confrères. Le type venait d'acheter une Porsche dernier modèle, élégante comme une soupe en sachet. Martin s'est d'abord extasié devant cette dent de requin et, au bout d'un moment, a dit : « Ça doit quand même consommer, un engin comme ça, vous devez bien faire du huit ou neuf litres. » L'autre en est resté scié. Et quand le frère de ma femme a ajouté : « D'un autre côté, ça doit fuser, à fond vous tapez un cent trente facile », le confrère s'est demandé si ce type faisait bien le même métier que lui. A part ça, Martin peint. Il peint des choses que je ne comprends pas, mais je ne comprends rien à la peinture. Parfois, en regardant ses toiles, j'ose un compliment : « Celle-là est jolie. » Le lendemain, j'apprends qu'il a lacéré et balancé le tableau dans la cheminée. Un soir, il a dit à sa sœur que j'étais un critique très sûr. Depuis, je n'ose plus lui donner mon avis.

Il habite dans une maison si grande qu'il ne vit que dans une moitié. La nuit, il a peur de l'autre. Il imagine toutes ces pièces vides qui sont derrière la cloison et il a la trouille. Je comprends ça. Pour lui remonter le moral, je lui dis :

— Tu as de la chance d'habiter ici.

Mais je ne le pense pas. Comme il sait que je m'y connais en chantiers, il me demande parfois un conseil. Aujourd'hui il est venu pour ça.

— J'ai découvert qu'il y avait des caves voûtées sous une grande partie de la maison. D'après toi, qu'est-ce que je fais, je creuse ou je laisse tomber ?

— Laisse tomber, j'ai dit. Tu as rien à gagner à creuser tout ça. Tu as déjà trop de place. Va pas chercher des ennuis supplémentaires.

— Je sais, mais ça m'agace de ne pas savoir ce que j'ai sous les pieds.

— Qu'est-ce que tu veux que ce soit ? Une cave, et puis c'est tout.

— Mais si c'était pas une cave ?

— Ça peut être qu'une cave, sous les maisons y' a jamais que des caves.

— Des fois, la nuit, sous le plancher, j'entends du bruit.

— C'est des rats, y' a toujours des rats dans les caves.

— Tu dois avoir raison.

Ensuite, on a parlé d'autre chose. Je lui ai raconté l'histoire d'Annibal. Il a ri comme si je lui annonçais qu'il n'aurait plus jamais à réveiller les morts. Et puis il est parti en vitesse à l'hôpital. C'était une urgence. Je suis allé voir Anna et je lui ai dit : « Ton frère est au poil. »

Douze

L'après-midi m'a paru long. Je suis allé me promener jusqu'à la plage. Il n'y avait presque plus personne. J'ai marché le long de l'océan en regardant passer le vol des embruns. Les mouettes guettaient la marée, ça sentait l'iode. Au loin, un type jouait avec un chien. Il balançait un bout de bois dans l'eau et l'autre imbécile se jetait dans les vagues pour ramener la planche. Je les regardais sans les comprendre. Pourquoi l'homme jetait et pourquoi l'animal rapportait. C'était comme ça. Sur toutes les plages du monde, il y avait un type qui jetait et un clébard à gueule de rat mouillé qui rapportait. Quand je suis passé devant eux, ils ne m'ont même pas vu. Je n'avais plus envie de rentrer à pied. J'aurais aimé avoir mon cabriolet sur le bord de la route. On aurait fait le chemin ensemble.

A table, on a mangé du poisson. Jonathan faisait des histoires et disait qu'il n'aimait pas ça, qu'il y avait des arêtes et qu'il préférait une pizza. Je lui ai expliqué qu'on ne peut pas tous les jours se nourrir de pizzas. Il m'a affirmé que si. La télé-

Tous les matins je me lève

vision était nulle. Il n'y avait plus rien à voir. Au fil des années, elle s'était laissée aller. Avant, je l'aimais presque tout autant que la voiture. Maintenant je la regardais comme on observe quelqu'un qui ne vous est plus rien. Les gens, sur l'écran, avaient changé. Je les reconnaissais à peine. Quand ils se forçaient à sourire et à paraître en bonne santé, ils me faisaient pitié. Le sport n'était pas mal, des fois, oui.

Je suis allé voir Anna qui était dans sa pièce. C'était un bel endroit, le plus clair de la maison, le plus vitré. Elle lisait. J'ai eu le sentiment que je la dérangeais. Elle me demanda ce que je voulais. J'ai dit : « T'embrasser. » Elle m'a tendu ses lèvres comme elle m'aurait passé un briquet. Quand je suis ressorti, j'avais sur la langue le goût de son rouge.

Jacob s'était mis à la guitare depuis quelques mois. Ce soir, j'entendais les crissements qui sortaient de son ampli. Je suis entré dans sa chambre pour lui demander de jouer plus doucement et lui rappeler qu'il avait un frère et une sœur qui essayaient de dormir. Il m'a regardé avec son doux air de supplicié et a murmuré : « J'avais pas l'impression que c'était si fort. » Je me suis assis et lui ai demandé de me faire quelques accords. Il a branché une pédale d'effet et m'a sorti un solo à la Hendrix qui m'a décroché les mâchoires. C'était mon fils qui jouait comme ça. Je n'en revenais pas. Il avait fait des progrès foudroyants, j'avais un virtuose dans la maison. « C'est fantastique », j'ai dit. Il m'a souri comme un journal qui se déplie et s'est remis à jouer. Je l'aurais écouté toute la nuit. Ses doigts couraient sur le manche, se faufilaient entre les cases. On aurait dit des lézards. A un moment, j'ai dit : « Mets la sauce. » Il a tourné le bouton de l'ampli et d'un coup j'ai rajeuni de vingt ans. J'en ai pris plein les poumons, comme à la mer. La pièce vibrait comme un bateau dans la tempête. Quand Anna est entrée, elle nous a aussitôt remorqués sur terre en disant : « Il est deux heures, vous allez réveiller Sarah et Jonathan. » Jacob a éteint l'ampli, j'ai pris mon fils dans mes bras et dit : « Formidable, tu es formidable. » Quand j'ai senti ses boutons contre ma joue, je l'ai serré encore plus fort.

Je suis allé faire un tour dans le jardin, j'ai aperçu trois lapins. La lune était profonde comme une assiette à soupe. Elle était pleine. Dans le noir, les arbres se détachaient. Anna m'a rejoint et on est restés là, l'un et l'autre, à regarder la nuit.

Treize

C'est Gurney qui m'a réveillé. Sa voix rebondissait dans ma tête comme des gouttes dans un évier vide. Il s'excusait pour hier.

— Faut me comprendre, Ackerman, j'essaie de faire mon métier et avec votre lubie, vous me foutez par terre des années de travail. Je ne vous en veux pas et surtout j'aime pas insulter les gens qui sont dans mon écurie. On va sortir *Tous les matins je me lève* et tant pis si ce gommeux nous descend.

J'ai dit quelque chose de gentil et j'ai raccroché. Gurney était un chic type, régulier, comme on dit aux courses. Il savait qu'Annibal touchait à droite et à gauche et qu'il n'avait pas acheté sa Mercedes, peinture blanche, fauteuils blancs, pare-chocs blancs, avec sa paye de journaliste. J'étais même sûr qu'il était plutôt content que Thomas et moi on se soit soulagés dans sa voiture. Je me sentais bien, avec Gurney comme coach. Je n'étais pas le type à changer sans arrêt d'éditeur. Pour que je m'en aille, il fallait qu'on me fasse un truc grave. J'avais sorti mon premier livre chez Morton et je n'avais à l'époque aucune intention d'en partir. Jusqu'au jour où je lui ai porté mon second manuscrit. Là, ça s'est très mal passé. Il m'a fait gentiment entrer dans son bureau et m'a offert son plus large canapé. On a bavardé un moment et puis j'ai sorti une cigarette. Je lui ai demandé du feu.

— Ah non, pas question, a fait Morton, je ne supporte pas la fumée de tabac. J'y suis allergique, ça me fait pleurer. Vous ne m'en voulez pas ?

— Mais enfin, ici même, il y a à peine quinze jours, j'ai presque fumé un demi-paquet en parlant avec vous...

— Jamais, a hurlé Morton en se levant, jamais personne n'a fumé dans ce bureau.

Je l'ai regardé avec des yeux de cosmonaute.

— Vous plaisantez ou quoi ? J'ai fumé ici même il y a moins de deux semaines. Vous m'avez même apporté un gros cendrier carré en verre ciselé que vous êtes allé chercher dans la pièce d'à côté.

— Il n'y a jamais eu de cendrier dans la pièce d'à côté, et personne, vous m'entendez bien, personne n'a jamais fumé ni ne fumera ici en ma présence.

Je me suis levé, j'ai ramassé mon manuscrit sur le bureau et je suis sorti de chez Morton. Ce type m'avait flanqué le doute et la frousse. Quand je me suis présenté chez Gurney quelques jours plus tard, la secrétaire m'a fait patienter un moment, puis m'a conduit dans une pièce enfumée comme une salle de billard. Gurney avait un barreau de chaise entre les dents. Lorsque, sans retirer son

je me lève 87

cigare de la bouche, il a dit : « Enré, eusieur Aeran », j'ai compris que j'étais tombé dans une bonne maison. Depuis, on ne s'était jamais quittés. Ce n'était pas une vésicule comme Annibal qui allait nous séparer.

Le téléphone a resonné. C'était Thomas. Il avait l'air en pleine forme. Il me proposait de l'accompagner en fin d'après-midi à une sorte de cocktail organisé par son éditeur.

— Il va y avoir Annibal, j'ai dit.
— Justement, il a fait.

On est arrivés au bon moment. Ni trop tôt ni trop tard. J'ai garé la Triumph un peu à l'écart. Quand on est entrés dans le grand salon de l'hôtel où se déroulait la réception, on a été surpris par le bruit. On a eu l'impression de pénétrer dans la boutique d'un oiseleur. Les gens piaillaient et voletaient d'un groupe à l'autre avec la légèreté et la frivolité des bengalis. Personne n'est venu nous dire bonjour. Personne ne nous a remarqués. On était des types qui ne comptaient pas, on ne buvait que du lait. On a demandé deux verres au buffet. Avec un air de mépris, le garçon nous a dit : « Champagne, bourbon, tequila, jus d'orange ? » Ça nous a mis de mauvais poil. Surtout Thomas : « On t'a pas demandé de nous déballer ta boutique, on t'a réclamé deux verres de lait entier, compris ? »

— Oui, m'sieur, a fait le serveur.

Il a filé au bar et est revenu trente secondes plus tard avec ce qu'on lui avait commandé.

— C'est pas du demi-écrémé, au moins ? a grogné Thomas.

— Non, m'sieur, de l'entier, je vous assure, de l'entier.

Lipsky l'a remercié et lui a dit qu'on reviendrait tout à l'heure. Ça n'a pas eu l'air de faire plaisir au gamin. On n'avait rien à faire là. Les gens avaient l'air ravis de se rencontrer. On les regardait. Ils ressemblaient à des renards en train de se renifler le poil. Puis on a aperçu Annibal. Il parlait avec trois femmes et deux types qui devaient certainement lui dire qu'ils avaient adoré son dernier papier. J'ai regardé Thomas et, sans réfléchir, on a foncé. Quand Annibal nous a vus venir sur lui, avec nos deux verres de lait, son visage s'est décomposé comme celui d'un lépreux. On s'est fait poliment un passage au travers de son groupe d'admirateurs et simultanément nos deux mains se sont abattues sur ses épaules. Thomas l'a serré contre lui en gueulant : « Ha, ha, sacré Jim, ça fait plaisir de te revoir. Depuis le temps, t'as pas changé. » J'ai ajouté : « Toujours le même, svelte, soigné, et quel talent. » L'autre était tellement surpris de ne pas prendre une beigne qu'il nous distillait un sourire huileux. Nous, on lui tapotait sur le ventre, on lui pinçait les joues, tout cela ressemblait à des retrouvailles de copains de régiment. Du coup, les gens se demandaient quels étaient ces deux types qui se permettaient autant de familiarité avec l'arbitre incontesté des élégances. C'était Ernest et William, deux gars qui ne lâcheraient jamais Annibal. Ils l'avaient promis. C'étaient des hommes de parole. Au bout d'un moment, Jim nous a paru si minable, si pitoyable dans sa flanelle de gêne et de

je me lève

lâcheté qu'on en a eu marre. Thomas a dit : « Bon, on te laisse à tes amis. Ce qui serait bien, c'est que tu nous appelles un de ces soirs et qu'on dîne. D'accord ? » L'autre, avec ses lèvres, a fait un « oui » misérable. J'ai ajouté : « De toute façon on sait où te joindre. » On lui a fait un dernier salut de la main et on a regagné le buffet. Quand le serveur nous a vus approcher, il a sorti la bouteille de lait de dessous la table et nous a servi deux verres sans sourciller. On les a sifflés à la face du monde, ensuite on a décidé qu'on en avait assez vu. En partant, on a remarqué que la plupart des gens nous saluaient de la tête. J'ai ramené Thomas à la maison et avec Anna et les enfants on s'est mis une ventrée de pizzas. Vers dix heures, le téléphone a sonné. C'était Gurney :

— J'oublierai pas ce que vous avez fait pour moi, Paul. Vous êtes un type épatant, le meilleur de mon écurie. J'oublierai pas, Paul.

— De quoi vous parlez, Gurney ?

— Arrêtez de faire le zouave, Ackerman. De quoi je peux parler à votre avis, hein, de quoi ?

— Aucune idée, vraiment.

— D'accord, d'accord, Paul, bon, arrêtez de me faire marcher et dites-moi plutôt comment vous vous y êtes pris ?

— Pour faire quoi ?

— Pour Annibal, bon Dieu, quatre types m'ont dit qu'il vous roulait des patins à la réception de cet après-midi. Comment avez-vous fait ? Vous aviez préparé votre coup ?

— Non, j'ai dit, c'est venu comme ça.

Quatorze

En me levant le lendemain, j'ai eu une idée de livre. Enfin, pas une idée de livre, une idée de phrase. Quand je commençais une histoire, c'était toujours à partir d'une phrase qui me passait par la tête, une phrase de rien du tout. Je me suis mis à ma table et j'ai écrit : « Quand je commence un livre, j'ai peur de mourir avant de l'avoir fini. Même quand je n'écris pas un livre, j'ai toujours peur de mourir. » Et j'en suis resté là. J'ai passé une heure à essayer de trouver une suite, mais je n'y suis pas arrivé. J'avais dû me tromper, ce n'était sans doute pas un bon début. Il ne ramenait rien d'autre dans ses filets. J'avais beau le traîner derrière moi, il n'appâtait pas les autres mots. J'ai pensé que, si les gens savaient comment je travaillais, ils n'achèteraient pas mes livres. Quand je finissais une page, je n'avais pas la moindre idée de ce que j'allais raconter sur la suivante. Je n'avais ni plan, ni idée, ni but, ni scénario. Les mots, les mots seuls me tiraient ligne après ligne, c'étaient eux qui faisaient tout le travail. J'étais une sorte de pêcheur. J'avais mes coins, mon attirail et j'appâtais avec une phrase. Des jours, ça mordait, d'autres je restais assis avec ma gaule à dessiner des parallélépipèdes, la tête aussi vide que des yeux d'aveugle. C'est comme ça que je travaillais, sans règle, sans méthode et sans génie. J'écrivais comme un pêcheur du dimanche. Mais quand ça venait, alors là, je ramenais autant qu'un thonier. Je harponnais les mots avec la gaffe et ils giclaient, j'étais couvert de leur sang et de leur odeur. Plus ils frétillaient dans le filet, plus je piquais. Je les remontais jusqu'à la fin, quels que soient le jour ou l'heure, jusqu'à ce qu'il n'y ait plus rien entre les mailles.

J'ai regardé ma phrase. Elle flottait sur une mer calme et plate comme de la vase. Je savais que ce n'était pas la peine d'insister.

Vers quatorze heures, Thomas m'a téléphoné. Il me proposait de partir deux jours à la pêche avec lui dans son camping-car.

— T'as toujours détesté la pêche, j'ai dit.

— J'ai décidé de m'y mettre. On fait la route de la côte et, quand on voit un coin qui nous plaît, on s'arrête et on lance les lignes.

— T'as du matériel ?

— Je viens de l'acheter.

— C'est marrant que tu me proposes juste en ce moment d'aller pêcher.

— Pourquoi ?

— Je peux pas t'expliquer.

Je lui ai dit que je le rappellerais dans la soirée. Je suis allé voir Anna et j'ai dit :

— Thomas me propose une partie de pêche.

— Thomas ? Il déteste ça.
— Ouais, je sais, mais il a décidé de s'y mettre. Deux jours en camping-car sur la route de la côte.
— Pourquoi tu n'y vas pas ?
— J'ai pas dit que j'y allais pas.

J'avais pas dit non plus que j'y allais. Il me fallait du temps pour prendre une pareille décision. D'un côté, il y avait les bons moments que je pouvais prendre avec Thomas, de l'autre, il fallait que je quitte ma maison, que je voyage, ce qui était la chose que je détestais le plus au monde. Sans parler de la boîte de pâté à casquette dans laquelle il faudrait bien que je dorme. Toute la journée, j'ai pensé à ça. A cinq heures, je me disais : « Vas-y, ça te changera les idées, deux jours de détente, c'est exactement ce dont tu as besoin. » A six heures, je voyais le problème différemment : « On va avoir l'air fin tous les deux avec nos lignes qui dépassent du camping-car. » A sept heures, le téléphone a sonné. C'était Thomas.

— O.K., j'ai fait, je viens.

Quand j'ai raccroché, j'ai aussitôt regretté d'avoir accepté. Je suis allé voir Anna. Elle arrosait les hortensias. Dans le lointain, j'entendais mon voisin qui passait sa tondeuse. Elle faisait un bruit de DC-6. Je détestais mon voisin. C'était un type pas net, fourbe, toujours vautré dans des voitures de l'année, habillé comme un crooner de casino et qui, dans son jardin, baissait sans arrêt son slip pour que le soleil lui morde les fesses. C'était un type de rien du tout plein aux as. J'ai dit à Anna : « J'y vais. » Elle m'a fait signe qu'elle ne m'entendait pas. J'ai gueulé :

je me lève 93

— Je vais à la pêche avec Thomas.

Elle a levé le pouce en me faisant un clin d'œil. Elle semblait plutôt contente que je m'en aille. Sur le moment, ça ne m'a pas plu. Lipsky devait me prendre à neuf heures. C'était un lève-tôt.

Avant d'aller me coucher, je suis allé relire ma phrase à mon bureau. J'ai pensé : « Ce n'est pas une phrase de début, c'est une phrase de fin. » C'était évident. Je l'ai rangée dans un classeur. En faisant ça, j'avais le sentiment qu'elle n'en sortirait plus jamais, qu'elle ne verrait plus jamais le jour. Il était à peine minuit quand je me suis couché. Je n'avais pas sommeil. J'ai pensé à tout un tas de choses inutiles jusqu'au moment où quelqu'un est venu frapper à la porte de la chambre. C'était l'entraîneur de l'équipe nationale. Il me disait : « Je sais, Ackerman, vous avez raccroché, mais venez jouer ce match contre ces putains d'Anglais. On a besoin de vous, Ackerman, vraiment besoin. » Quelques secondes plus tard, j'étais sur la pelouse entouré des copains. Ils étaient contents de me revoir. Ils me tenaient serré contre eux pendant qu'on jouait les hymnes. Les gros du pack avaient le visage ruisselant de transpiration et de vaseline. Je respectais ces gars-là. Tout à l'heure, ils descendraient en enfer se salir le visage et les mains pour m'offrir des ballons propres.

Quand l'arbitre a sifflé, les British ont donné un grand coup de pied. J'ai récupéré le ballon sur ma ligne de but. Tout le monde pensait que j'allais aplatir, mais moi j'ai contre-attaqué. Je n'ai ni aplati, ni tapé, j'ai contre-attaqué. Je tenais le ballon bien serré contre mon cœur. Aussitôt, les gars des lignes arrière se sont déployés avec l'élégance des ailes d'un ange. On a traversé le terrain en se passant la balle. Ensuite, il y a eu une mêlée. J'ai vu mes copains aux yeux de vaseline s'enfoncer dans la première ligne anglaise comme un orteil dans du sable mou. Ce match-là, ça allait être du gâteau.

C'est Anna qui m'a réveillé. Trois fois. Trois fois, elle m'a secoué jusqu'à ce que j'ouvre les yeux. Elle a dit :

— Thomas est là. Il t'attend pour aller à la pêche. Il est neuf heures.

— J'y vais pas, j'ai grogné. Dis-lui que j'y vais pas.

Et j'ai enfoui ma tête sous l'oreiller à la façon d'un chien qui a peur de l'orage. J'ai entendu grincer le contrevent. Ça voulait dire que le jour entrait dans la chambre, que dès que j'allais soulever une paupière la lumière allait m'arracher la rétine. J'ai entendu des pas qui n'avaient rien à voir avec la démarche aérienne d'Anna, puis une grosse voix a dit : « C'est pas Faulkner qui serait arrivé en retard à une partie de pêche. Mais lui, c'est vrai, c'était un gros poisson. » Je n'avais pas envie de rire, j'avais besoin de dormir, juste deux ou trois heures de plus. Le match de cette nuit avait laissé des traces.

— On pourrait partir à midi, j'ai fait.

Thomas a répondu qu'il n'en était pas question. J'ai ouvert un œil et j'ai eu l'impression qu'on me glissait des ronces sous les paupières. J'ai regardé Hemingway à contre-jour et murmuré : « Putain de pêcheur. »

je me lève

Une heure plus tard, on était sur la route. Lipsky conduisait sa boîte de pâté avec un coude sur la portière. Sur mon siège, j'étais ratatiné comme une méduse. Je n'avais rien à faire là. Jamais je n'avais pêché et je savais que je n'oserais pas toucher un poisson vivant avec les doigts. Thomas faisait le fortiche, mais j'étais sûr que lui aussi aurait la trouille. On a roulé deux bonnes heures avant de se garer près de l'océan. Thomas a dit : « On va essayer ici. » Je n'avais pas encore desserré les mâchoires. Je me suis extrait du camion, je l'ai aidé à sortir son attirail et j'ai dit :

— J'aime pas me lever tôt le matin.
— Je sais, a fait Lipsky.
— Alors pourquoi tu ne m'as pas laissé dormir un peu plus ?
— C'est la loi de la pêche.

Il m'a souri et on est descendus sur les rochers. Je me sentais un peu mieux. L'air iodé me réveillait avec la douceur d'une petite fille. Les vagues qui s'écrasaient à nos pieds rebondissaient en une infinité de gouttelettes salées. Thomas a préparé les lignes et les plombs et m'a expliqué ensuite le maniement des moulinets. Ce n'était pas sorcier, mais je le trouvais drôlement gonflé de m'apprendre tout ça avec assurance, lui qui n'avait jamais pêché. Il m'a ensuite montré l'immensité de l'océan et a dit : « A toi de faire. »

J'ai tout balancé avec un geste ample. Le fil a commencé à se dévider et trente mètres plus loin mon plomb a plongé dans l'eau comme une souris grise. « Formidable », a dit Thomas. Son jet est allé un peu plus loin que le mien. Quand on a voulu retendre nos lignes, on s'est aperçus que nos fils se croisaient. « Laisse tomber, j'ai dit, on verra ça plus tard. » Finalement on était bien. L'un à côté de l'autre, assis, tranquilles et silencieux. On avait l'air de vieux loups de mer. Les vrais pêcheurs ne sont pas bavards.

— Tu peux me dire où tu vas quand tu pars dans ton camion et que tu disparais pendant une semaine ?
— J'peux pas te le dire.
— Tu as déjà pêché ?
— C'est la première fois.
— Alors pourquoi tu sens toujours le poisson quand tu rentres de tes voyages ?
— J'peux pas te le dire.
— Dis-le-moi.
— J'peux pas.
— Enfin, c'est incroyable, je connais ta vie dans ses moindres détails, tes zip-zap avec les femmes, tes tics, tes manies, et tu ne veux pas me dire pourquoi tu sens le poisson quand tu rentres de voyage.
— T'es con.

Ça le faisait rire que je lui dise qu'il sentait le poisson. Il aimait aussi m'entendre dire le mot zip-zap. Dans notre langage, ça signifiait une infinité de choses. Zip-zap venait pour nous du verbe zip-zapper. C'était évident.

J'étais bien. J'étais loin de mes livres à écrire, de mes enfants à élever, de ma femme à aimer, et même de ma voiture à conduire. J'étais un type livré à lui-même, quasiment perdu sur une côte et qui ne pouvait compter que sur sa pêche pour se

je me lève

nourrir. Cette nuit, je dormirais presque à la belle étoile. C'était sans doute cela qu'on appelait rompre les amarres. Tous les grands aventuriers avaient dû ressentir quelque chose comme ça au début de leur équipée. J'ai demandé à Thomas :
— T'as des provisions dans ton camion ?
— T'en fais pas.

Il a filé vers la cabine et est revenu avec une bouteille de lait glacé. On l'a sifflée au goulot en moins de deux. Les yeux sur l'horizon. J'ai vu ma ligne s'agiter. J'ai regardé Thomas, il m'a gueulé de mouliner. J'ai tourné la manivelle de l'appareil. A chaque tour, le fil s'enroulait, à chaque tour, la traction se faisait plus forte, à chaque tour, j'avais encore plus peur de ce que j'allais trouver à l'autre bout. A un moment, on a vu l'eau s'agiter, on l'a vue pratiquement bouillir. J'ai demandé à Lipsky ce qu'il fallait faire, il n'a pas su quoi répondre. J'ai encore mouliné et en tirant sur ma gaule j'ai sorti un poisson plat qui faisait bien soixante centimètres. Quand il a atterri sur les rochers, il s'est mis à battre de la queue comme un fou furieux. Thomas et moi étions pétrifiés. J'ai eu soudain l'impression de commettre un assassinat. Lipsky n'était pas plus fier que moi. J'ai dit :
— Passe-moi un chiffon et des pinces.

Il a couru au camion et m'a ramené ce que je lui avais demandé.
— Tu vas tenir le poisson avec le tissu et je vais essayer de lui retirer l'hameçon sans lui arracher la lèvre.
— Ça s'appelle pas une lèvre, a dit Thomas.

— Je m'en fous, chope-le.

Quand Lipsky a senti cette chair froide vivre et battre sous la toile, il a eu un mouvement de recul puis, rassemblant tout son courage, a immobilisé le poisson. Avec d'infinies précautions, j'ai essayé de lui enlever cette saloperie de fer qui lui déchirait le museau. Quand j'y suis parvenu, je me suis senti mieux. J'avais encore sur les doigts le parfum de sa bouche. J'ai dit à Thomas : « Balance-le à la mer. » Il l'a jeté aussi loin qu'il a pu. Au contact de l'eau, le poisson a frétillé comme un glaçon dans un verre de Martini et a disparu retrouver sa famille. « Il s'en tirera avec une mauvaise cicatrice », a dit Thomas, et il a ajouté :

— C'était quoi comme espèce ?

— Une espèce de poisson qui a eu de la chance de tomber sur des mecs comme nous.

On a remballé notre matériel et on est revenus au camion. Quand on est repartis sur la route, j'ai pensé à la mort. J'ai pensé que, pour la combattre, il suffisait parfois d'une paire de pinces et d'un bout de tissu.

Quinze

A la nuit tombée, on s'est arrêtés sur une falaise. Le spectacle était magnifique. Thomas a fait réchauffer une boîte de haricots et on l'a mangée sous la lune. A nos pieds, les vagues roulaient des larmes de mousse blanche et nous on buvait du lait. Thomas a dit :

— Maintenant, tu sais ce qu'on va faire ? On va dormir.

Il était à peine dix heures trente. J'étais paniqué. Je ne m'étais jamais couché aussi tôt, même quand j'avais la grippe, même quand j'étais vraiment malade, même quand j'étais gosse. Mes parents vivaient la nuit. J'avais pris très tôt leur rythme. Pour moi, un type qui allait au lit avant trois heures du matin était un leucémique ou un assureur.

— Dix heures trente, tu trouves pas que c'est un peu tôt ? j'ai dit à Thomas.

— Tu sais pas ce que c'est que de dormir dans mon camion. Couche-toi et après tu verras.

Il a tiré une grande planche, a disposé deux matelas et on s'est glissés en même temps dans nos duvets. On avait laissé ouverte la porte latérale du fourgon. J'étais couché et je voyais l'océan border mon lit. L'air marin me léchait le visage et j'entendais au loin la chanson de quelques oiseaux. Le bruit des vagues ressemblait à une respiration calme et régulière. Ma montre indiquait dix heures trente-cinq.

Quand j'ai ouvert les yeux, rien n'avait changé, sauf qu'il faisait jour. Thomas, dehors, préparait du café. Il m'a dit : « Il est huit heures. » Je ne m'étais jamais senti aussi frais au réveil. Je me suis levé et j'ai regardé autour de moi. On était seuls au monde. Le camion avait une odeur bizarre. Il sentait à la fois le moisi, la confiture, le sucre, la biscotte, le pâté et l'essence. Quand on ouvrait les petites portes des casiers de rangement, des senteurs plus fortes s'exhalaient, tantôt sucrées, tantôt beurrées, tantôt indéfinissables. En buvant mon café, j'ai demandé à Thomas :

— Où tu vas quand tu pars ?
— J'peux pas te le dire.
— Pourquoi tu sens le poisson quand tu reviens ?
— Je sais pas.
— Fais chier avec tes zip-zap.

Il s'est mis à rire. Je savais que je ne tirerais rien de lui mais j'aimais bien l'asticoter. On a traîné toute la journée au bord de l'eau, en évoquant les femmes, les enfants et les voitures. On n'a pas parlé de livres. On était en vacances, on n'allait pas parler métier. On a pris notre repas du soir sous la lune en pensant au poisson qu'on avait relâché et qui devait raconter son histoire à ses copains. On a débouché une bouteille de lait et, avec nos cannes à pêche sur le toit, on a repris le chemin de la maison.

Quand je suis arrivé, Anna et les enfants dormaient. Je me suis couché sans faire de bruit. Dans le noir, j'essayais d'imaginer les jupes volantes de l'océan et la fourmilière des odeurs du camion. J'essayais de deviner le bruit des vagues et les chansons tristes des mouettes. Je n'y arrivais pas, je n'étais plus sous la lune, je n'étais plus seul au monde ; j'étais revenu à la civilisation et, comme tous les aventuriers, j'avais du mal à me réadapter. Le radioréveil marquait deux heures trente-quatre. L'entraîneur de l'équipe nationale n'allait pas tarder. Quand il a frappé à la porte, j'étais déjà en tenue, il a même pas eu à me baratiner. En pénétrant sur le terrain, j'ai vu que le stade était plein à craquer. Au début du match, je n'ai pas eu grand-chose à faire, mais vers le milieu de la première mi-temps, sur un coup de pied à suivre des Anglais, j'ai attrapé le ballon comme si mes doigts étaient pleins de hameçons et je me suis faufilé dans leur défense à l'aise et heureux comme un poisson dans l'eau.

Seize

C'est le mal de dents qui m'a réveillé. J'avais l'impression que pendant la nuit une couleuvre s'était lovée dans une de mes molaires et que maintenant, elle rampait sans cesse à l'intérieur. Quand j'ai vu le visage d'Anna, j'ai cru que quelqu'un était mort dans la maison. Elle s'est avancée vers moi et a dit :

— On nous a coupé l'eau, j'ai oublié de payer la note.

Anna payait toujours tout, sauf l'eau. Elle ne pouvait pas. J'avais un serpent dans la bouche, plus de douche, la journée commençait bien. J'ai fait mon café avec de l'eau minérale. Anna est revenue à la charge :

— Qu'est-ce qu'on fait pour l'eau ?

— Qu'est-ce que tu veux qu'on fasse, on paie, c'est tout.

— Tu y vas ou j'y vais ?

— J'en sais rien, je m'en fous, j'ai mal aux dents.

Elle est partie en claquant la porte. J'ai pris de l'aspirine et j'ai attendu que la douleur s'atténue.

Tous les matins je me lève

Le reptile a semblé s'endormir un moment mais a très vite repris de la vigueur. Cela faisait des années que je n'étais pas allé chez mon dentiste. J'avais honte de ce qu'il allait découvrir à l'intérieur de ma bouche. Vers deux heures, la couleuvre s'est transformée en vipère. Elle me piquait à intervalles réguliers. La douleur irradiait dans toute la mâchoire. C'était insupportable. Je me suis habillé en vitesse et j'ai foncé jusqu'à ma voiture. J'ai mis le contact, mais le moteur n'a pas démarré. Il tournait, mais ne démarrait pas. J'ai regardé les jauges, tout était normal. Anna était partie payer l'eau, j'étais coincé chez moi avec l'impression qu'on m'enfonçait un clou de charpentier dans la bouche. J'ai décroché le téléphone et appelé mon garagiste. Quand il est arrivé, j'ai vu tout de suite que ça allait mal se passer. Il m'a à peine dit bonjour et a soulevé le capot de la Triumph. Il a marmonné :

— Avec le métier que vous avez, vous pourriez vous payer des bagnoles plus récentes.

— Elle est pas tellement vieille.

— C'est une merde. On me la donnerait, je ne la voudrais pas. Rien qu'à l'idée de fourrer mes doigts dans ce tas de gras, j'ai le noir. Les anglaises, ça suinte de partout.

— Écoutez, monsieur Boorman, c'est ma voiture et je l'aime bien.

— C'est bien ça que je vous reproche. Vous voulez que je vous dise ?

— Allez-y, Boorman, j'ai le temps et j'ai mal aux dents.

— J'ai deux sortes de clients : les fauchés qui

font les malins dans des coupés hauts de gamme et les rupins qui roulent dans des poubelles.

Boorman, c'était clair, me prenait pour un rupin.

Tout en parlant, ses mains habiles se faufilaient entre les pièces du moteur. Il avait jeté un œil au delco et changeait maintenant les vis platinées. Il parlait toujours : « C'est vrai, monsieur Ackerman, ce sont des gens comme vous qui nous gâchent le métier. Vos rognes ont toujours un pet de travers. Avec elles, c'est jamais que de la bricole. Et le pire c'est que ces vieilleries sont solides. Encore, la vôtre, c'est rien. Hier, j'ai dépanné un client qui a une Mercedes 180. Ça doit faire trente ans qu'il la traîne. A la manière dont il l'entretient, il est parti pour m'emmerder trente ans de plus. Allez-y, monsieur Ackerman, mettez le contact. »

J'ai allumé, les cylindres ont bondi comme six chiens de garde. Ils en avaient après Boorman. Ils lui montraient qu'ils avaient encore des crocs. L'autre les regardait rugir, les mains dans les poches, en répétant : « De la bricole, de la bricole. » Boorman était un type au poil. Il n'avait pas son pareil pour vous sortir de l'embarras en cinq minutes. Il suffisait d'avoir le courage de supporter son mépris. D'un certain côté, je le comprenais, il faisait un métier difficile qui usait les doigts et noircissait les ongles. Dans sa partie, Boorman était imbattable. Il m'a dit :

— Vous avez plus le suppositoire ?
— La Karmann ?
— Oui, c'est ça, le suppositoire.

je me lève

— Non, j'ai eu un accident, elle est à la casse.
— Eh bien, au moins celle-là, elle nous emmerdera plus.

J'ai senti que dans sa tête une case noire se vidait. Il devait y avoir dans son cerveau l'image fixe d'un parking maudit où étaient garées toutes les carcasses usées des clients qu'il détestait. Nous n'étions pas très nombreux, mais il savait qu'il nous avait sur le dos pour l'éternité, qu'on n'était pas des gens à acheter du neuf ou du récent et que le jour où l'on devait se défaire d'une antiquité, c'était pour la remplacer par une vieillerie.

— Je vais vous dire, monsieur Ackerman, les voitures c'est comme les femmes, faut les prendre jeunes sinon après on a que des problèmes.
— Je n'ai jamais aimé la jeunesse, monsieur Boorman.

Boorman m'a regardé comme si je venais de dire quelque chose qui pouvait lui attirer des ennuis. Il m'a fait sa note en vitesse et est remonté dans sa dépanneuse. Avant de partir, il a dit : « Je vous dis pas à bientôt, monsieur Ackerman », puis sa saloperie de diesel m'a craché sur le pantalon.

En roulant à tombeau ouvert, j'avais l'impression que des bombes explosaient sous ma dent. Quand je suis arrivé chez mon dentiste, j'ai bondi sur le fauteuil :

— J'ai trop mal, je peux pas attendre.

Le praticien était un homme calme qui habitait dans un quartier calme et qui avait une assistante calme. Calmement il m'a dit : « Ouvrez la bouche. » Il a appuyé sur une mine et la déflagration a failli me faire exploser la tête.

— Comme toujours, Ackerman, vous avez trop attendu. Vous seriez venu plus tôt, c'était l'affaire de deux minutes.

J'ai compris que j'allais passer un sale quart d'heure. Il m'a envoyé un coup de seringue dans les gencives et lentement ma mâchoire inférieure est devenue aussi inerte que de la pierre. Je mordais ma lèvre et je ne sentais rien. On aurait dit que je suçais du fil électrique. Quand j'ai senti glisser ses pinces sur ma joue et que j'ai perçu le bruit d'un craquement, j'ai compris qu'il avait réussi à désamorcer la bombe. J'ai passé ma langue dans le trou, il n'y avait plus qu'un gros cratère. Je me suis lavé la bouche avec un produit qui sentait le détergent. J'arrivais à peine à parler. Je savais que le plus important était fait, il ne me restait plus qu'à attendre pour récupérer lentement. Bien assis dans le fauteuil, les yeux fermés, j'ai imaginé Anna en train de mentir au service des Eaux en affirmant qu'elle n'avait jamais reçu de facture. Le dentiste a dit :

— Ça ne va pas, Ackerman ?

Ça allait, au contraire, comme sur des roulettes. Je n'avais plus mal, ma femme était en train de faire rétablir l'eau, Boorman avait changé les vis platinées de la Triumph, il aurait fallu être drôlement difficile pour se plaindre.

Au retour, je suis passé par la route de la côte. Il y avait des gens qui se baignaient encore. Ils poussaient des cris de joie à chaque fois qu'une vague les percutait. Ils étaient jeunes, jeunes

je me lève

comme on ne l'est qu'une fois, sans problème de carie ni de factures d'eau, jeunes au point de faire des projets, d'acheter des voitures à crédit et de cracher sur les langues de l'océan. Je les regardais, ils étaient formidables. Ce soir, j'aurais donné tous mes livres pour être parmi eux, pour retrouver mon visage d'avant et le prénom de toutes mes dents.

Quand je suis entré dans la maison, l'effet de l'anesthésie n'avait pas encore disparu. J'ai dit à Anna : « Je viens de me faire arracher une molaire. » Ça a eu l'air de lui faire de la peine. Elle m'a embrassé sur la joue. « C'est l'autre côté », j'ai fait. Elle a doucement posé ses lèvres sur les miennes puis a doucement murmuré :

— L'eau ne sera rétablie que demain.
— On s'en fout.

Anna m'a serré dans ses bras. Elle adorait que je prenne son parti contre le service municipal. Les enfants, eux, étaient en colère. Ils s'en prenaient à nous, nous reprochaient notre négligence et nous demandaient comment ils allaient faire pour prendre leur douche. Je leur ai dit d'aller se baigner dans la piscine et de nous foutre la paix. Ils ont tourné les talons et claqué ensemble les portes de leurs chambres. J'ai dit à Anna : « Nos enfants sont des vieux. » Ensuite, on a fait réchauffer une pizza et on l'a mangée en regardant la télévision.

Dix-sept

Cette nuit-là, j'ai décliné ma sélection en équipe nationale. Au matin, ma bouche me faisait mal, mais j'étais sûr au moins qu'il n'y avait plus de serpent. Je buvais mon café quand le facteur est passé. Il y avait le courrier habituel, des tas de lettres inutiles, des invitations à des vernissages, des factures, des envois publicitaires m'annonçant que j'avais gagné une voiture à quatre portes ou un chalet à la montagne et des prospectus sur les derniers modèles de tondeuse à gazon. Il y avait aussi un pli qui venait du collège. Un mot administratif signé du proviseur qui me priait de prendre contact le plus rapidement possible avec lui. Je me demandais bien lequel de mes enfants avait bien pu commettre l'irréparable. Je connaissais cet imprimé par cœur, j'en avais déjà reçu une dizaine de semblables. Un jour, c'était Sarah qui s'était montrée impertinente, l'autre, Jonathan qui avait signé lui-même son carnet scolaire. La dernière fois, je m'étais fait sermonner à cause des mauvais résultats de mon aîné. Son professeur principal m'avait mis face à mes responsa-

bilités, comme il disait. Je l'avais regardé avec des yeux de poulpe et j'étais rentré chez moi. Je ne comprenais pas ces gens ni le sérieux avec lequel ils accomplissaient leur boulot. Ça me dépassait. Je suis allé voir Anna et j'ai dit :
— Il y a un problème au collège.
— Tu y vas ?
— Faut bien.

Je me suis habillé comme pour aller chez mon éditeur et je suis monté dans la Triumph. Je lui ai dit : « Tu sais où on va ? On va se faire engueuler. » J'ai mis les gaz et pris la route. J'étais agacé et content de me colleter une fois de plus avec le proviseur. Je ne savais qu'une chose de lui : ce n'était pas un homme à remettre à la mer un poisson qu'il venait de pêcher.

Au collège, une secrétaire à lunettes m'a demandé d'attendre un moment pendant qu'elle m'annonçait à monsieur le proviseur.

— Entrez, monsieur Ackerman, entrez.

Boltanski avait une sale tête. Une tête à s'attirer des ennuis avec les gosses. Il avait un visage rond, un gros nez rouge et des lèvres qui ressemblaient à du pâté de tête. Son crâne bosselé évoquait le capot d'une vieille Volkswagen et ses yeux bridés dégageaient une méchanceté de serpent.

— Monsieur Ackerman, si je vous ai fait déranger, sachez que c'est pour un motif grave. Je ne convoque d'ailleurs les parents que lorsque la situation l'exige, et cette fois, monsieur Ackerman, la situation est grave. Voilà. Votre fils Jacob nous pose un problème sérieux. Il ne travaille pas et passe son temps à séduire les filles de sa classe.

Il crée un trouble, un trouble sérieux dans l'établissement. Nous sommes arrivés à un point de rupture.

Les paroles de Boltanski rebondissaient sur son bureau comme des balles de ping-pong C'était incroyable. Jacob, avec son acné et sa peau de lézard, coinçait les filles pendant les interclasses. J'étais heureux, profondément heureux, parce que j'avais peur que mon fils ne souffre de sa disgrâce cutanée. Et voilà que le proviseur providentiel m'annonçait que j'avais un enfant comme les autres, capable de prendre son courage et son visage à deux mains pour se jeter au cou des filles. A cet instant-là, j'aimais Jacob comme on admire un frère aîné.

— Que comptez-vous faire, monsieur Ackerman ?

— Lui trouver un dermatologue compétent qui lui soigne cette sale acné.

Boltanski ne comprenait pas. Il ne comprenait pas que je sois heureux d'apprendre que mon fils, que je croyais complexé, timide et réservé, se révèle un garçon bien dans sa peau, fût-elle celle d'un lépreux.

— Mais non seulement Jacob court les filles, mais en plus il ne fait rien, absolument rien. Pendant les cours, il est presque un poids mort. A lui seul, il arrive à faire baisser la moyenne de la classe.

J'en avais assez d'entendre Boltanski vomir sur mon aîné. Il n'avait pas à employer ce ton méprisant. Alors je me suis fâché. Je me suis levé et je me suis fâché. J'ai fait le tour du bureau et j'ai pointé mon index sur le proviseur :

je me lève

— Laissez-moi vous dire une chose, Boltanski : j'ai lu toutes les dissertations de mon fils. Elles sont superbes. Il faut vraiment être un tocard pour ne pas s'en rendre compte. Ce gosse, il a déjà une sacrée patte. Avant de parler comme ça de lui, vous l'avez déjà entendu jouer de la guitare ? Vous l'avez entendu jouer ?

— Monsieur Ackerman, je ne vous parle pas de musique, et à propos de dissertation, je vous signale que Jacob n'a pas rendu les trois dernières qu'il avait à faire. Si vous avez eu le bonheur de les lire, nous, pas.

Sur le moment, je me suis senti coincé dans les cordes. Mais je ne me suis pas laissé faire, j'ai choisi de me dégager avec de larges directs de mauvaise foi : « Foutez la paix à mes gosses, Boltanski. Ça fait dix ans que vous m'envoyez vos convocations comminatoires, dix ans que vous me mettez en garde, dix ans que vous me sermonnez, dix ans que vous m'emmerdez. Cette fois, j'en ai marre, Boltanski ! J'ai des gosses formidables qui essayent de vivre leur vie. Ils font ça sans déranger personne et du mieux qu'ils peuvent. Ce qu'ils deviendront plus tard ne vous regarde pas. Vous venez de m'apprendre que mon fils aîné, malgré son visage troué, était un adolescent comme les autres. C'est la meilleure nouvelle de la journée. Je n'ai jamais pu m'entendre avec des gens comme vous, parce que vous vous comportez comme si les accidents de voiture n'existaient pas. Mais ils existent, monsieur Boltanski. Et ce sont parfois les meilleurs élèves des auto-écoles qui les provoquent.

Je ne savais plus ce que je disais. Je moulinais des mots, je battais de l'air, mais au point où j'en étais, je ne pouvais plus revenir en arrière. Sur son fauteuil, Boltanski n'était pas fier. Il s'attendait à rencontrer un parent d'élève et il avait devant lui un fou furieux, un forcené qui lui faisait un cours de morale pyrotechnique. Les phrases partaient en l'air comme des fusées, explosaient et retombaient en gouttelettes scintillantes. Le proviseur assistait à un véritable spectacle, il n'avait jamais pensé que quelqu'un tirerait, un jour, un feu d'artifice dans son bureau.

— Vous voulez savoir une chose, Boltanski ? Tous les jours je me lève à midi. Tous les jours. Et ça ne m'empêche pas de vivre, d'élever mes enfants, de me taper un cent soixante sur la route de la côte et de rejeter des poissons à la mer.

Je l'ai regardé en plissant les yeux et je suis sorti en claquant la porte. A la maison, Anna m'a demandé comment ça s'était passé. Je lui ai tout raconté en détail. Elle a dit : « J'aurais aimé être là. » Ça m'a fait du bien de la sentir solidaire et j'ai éclaté de rire. J'ai ouvert la fenêtre et crié : « Les profs nous font chier ! » Ensuite, je suis allé me siffler une bouteille de lait au frigo.

Quand Jacob est rentré, il faisait une drôle de tête. J'ai frappé à la porte de sa chambre.

— Je suis allé voir Boltanski cet après-midi.
— Je sais.
— Il paraît que tu fous rien et que tu cours les filles.
— Y a de ça.
— J'aime pas ça, Jacob. Finies les conneries, maintenant faut que tu penses à ton boulot.

je me lève

— D'accord 'pa.

Je suis sorti de sa chambre avec un air faussement courroucé. Sarah, qui m'a vu, a dit : « T'es pas crédible. » Un quart d'heure plus tard, un solo de guitare a traversé la maison et est arrivé jusqu'à mon bureau. J'ai arrêté de lire et écouté attentivement. C'était tout simplement magnifique.

Dix-huit

Le soir, avec Anna, on est allés dîner dehors. On est allés manger chez David, le mari de Louise. Il tenait un restaurant bizarre et faisait de la cuisine nordique. David était un homme comme on n'en croise pas souvent sur les trottoirs. C'était le type le plus drôle du pays. Ça faisait près de vingt ans qu'on se connaissait. On s'était rencontrés à la table du fond, la dernière avant les cuisines. J'étais un client parmi les autres. Je mangeais là avec des amis. J'ai demandé une bouteille d'eau, puis une autre, puis une autre encore. Quand j'ai appelé pour en avoir une quatrième, David est revenu avec un jerrycan de dix litres qu'il a posé au milieu de la table en disant : « Comme ça au moins vous serez tranquille. » A l'époque, j'étais un sacré buveur d'eau. Ce jour-là, j'ai compris que le patron du Behring n'était pas un véritable aubergiste. Petit à petit, on a fait connaissance et David m'a raconté sa vie. Il avait tout fait : l'acteur, le maçon, le cavalier, le plombier, l'aviateur, l'éleveur, le journaliste, le marchand. A chaque fois, ça avait foiré. Maintenant, il faisait le restaurateur, mais on s'apercevait vite que le bonhomme en avait vu d'autres et, quand il vous apportait des sprats de Riga, il traînait derrière lui bien plus que tous les embruns de la mer Baltique. Tout le monde aimait David, mais moi je l'aimais un peu plus que tout le monde. Ensemble, on avait fait des voyages invraisemblables, des milliers et des milliers de kilomètres dans des voitures raccommodées. On avait traversé des régions, des États, des pays, des principautés, des dominions, des péninsules et même, une fois, le pare-brise. Le soir, quand nous faisions halte, il me demandait de lui raconter des histoires. Et tous les soirs, dans des hôtels de crasse aux sanitaires jaunis et bruyants, j'essayais d'inventer des récits incroyables. Il s'endormait toujours avant la fin. Le lendemain, on reprenait la route. David était un satané pilote. Quand il tenait un volant il était capable de vider un réservoir d'une seule traite. Rouler, on aimait ça, tous les deux. On n'avait pas d'idées en tête, on était dans la voiture, ensemble, on roulait et c'était formidable. Il y a des gens qui voyagent pour voir du pays, nous, c'était pour se voir tout court.

Quand Anna et moi sommes entrés au Behring, David est venu nous embrasser. Il s'est assis à notre table et on a parlé. Au bout d'un moment, il a pris un air de conspirateur :

— J'ai un rat dans les cuisines.

On lui a expliqué que ce n'était pas grave, que ce genre de choses arrivait même dans les meilleures maisons.

— D'accord, il a fait, mais tu verrais le rat : il

est gros comme un tigre, il est incroyable, il ne se cache même pas. Il est là et il me regarde. Je te jure, il me fout la trouille. La nuit, je sors les poubelles avec une batte de base-ball. L'autre soir, pendant que je préparais la note d'un client, je l'ai vu se glisser dans la salle. Sa queue dépassait de sous une table. On aurait dit un gros câble électrique.

— Crève-le, j'ai dit.
— T'es marrant, avec quoi ? Il me faudrait un harpon ou des grenades. T'imagines pas la bête, un fauve, un prédateur. Il te regarde et tu frissonnes.
— Mets-lui un piège.
— Faudrait en faire un sur mesure.

Anna et moi on est allés faire un tour à la cuisine. Tout était calme. Il n'y avait pas de rat. Le type qui était au fourneau faisait frétiller du poisson. C'était un barbu. Dans la vie, il était président du club des guppies. Les guppies sont de ridicules et fragiles poissons d'aquarium. Ces bestioles que l'on collectionne, paraît-il, à prix d'or, avaient un drôle de président. Il passait ses nuits à faire frire des saumons. David a bien regardé partout, sous l'évier, partout. « Il n'est pas encore arrivé, allez dîner. Dès qu'il est là, je vous appelle. »

Anna a longuement téléphoné à Louise, puis on a mangé un morceau. Vers une heure, lentement, comme un lavabo qui fuit, le Behring a commencé à se vider. David était assis avec nous. Je buvais du lait, lui, on ne pouvait pas dire qu'il suçait des glaçons. Un jour à la maison, pour rigoler, Louise l'avait traité d'éponge. Il avait pris ça très mal. Il en avait fait tout un plat, et puis s'était servi un autre verre. Je lisais en David comme en moi-même. Je savais quand il était malheureux, mais je n'avais pas assez de talent ni de force pour le sortir du trou. Lui, en trois minutes, vous redonnait le goût de vivre. Souvent, on était désespérés au même moment et à cause des mêmes choses. Lui prenait la fiole de gin et moi la bouteille de lait. On s'asseyait à une table jusqu'à ce que nos estomacs manquent d'air. On buvait comme des trous, on buvait des litres. Il tenait aussi bien l'alcool que moi le lait. Et ces soirs-là, quand rien n'allait, quand la nuit collait à nos joues comme de la confiture, on taillait le monde en pièces. Je disais : « Tu sais, dans le fond, je crois que je n'aime pas les gens. » Et il démarrait. Il me décrivait jusque dans ses vêtements le dernier type qui lui avait gâché un moment de sa vie. Il parodiait son accent, composait son visage, ses tics, son arrogance, sa prétention. D'un coup, j'avais l'autre en face, ah oui, bon Dieu, je l'avais là, face à moi, et il fallait que je me retienne pour ne pas lui rentrer dans le lard. David était un artiste. Il faisait éprouver des haines et des joies, il avait le pouvoir et l'incroyable talent de dessiner le profil des sentiments.

Anna était allée retéléphoner à Louise. David a dit :

— Qu'est-ce que tu crois qu'elles se disent, depuis dix ans, pendant des heures ?

— Elles parlent de nous.

— Je ne crois pas, il a fait, et il a sifflé un verre.

Il n'était pas loin de deux heures quand le rat est arrivé. Le président des guppies qui nettoyait ses fourneaux est venu nous prévenir. Son visage était décomposé. On aurait dit qu'il venait de voir surgir les oreilles de Clark Gable. On s'est précipités dans la cuisine. Le gaspard était au pied de l'évier. Il devait bien peser quarante livres. C'était une bête monstrueuse, quelque chose d'irréel avec de grands yeux jaunes, un dos fourbe et une queue épaisse comme six clubs de golf. David a dit : « Tu connais des pièges pour ça ? » J'étais sidéré. Je n'avais jamais vu un engin semblable, je n'avais même jamais imaginé qu'il puisse exister des animaux pareils. « Tu te rends compte, si un soir il va faire un tour dans la salle, je n'ai plus qu'à plier boutique et à acheter un camion de pizzas. » Le cuisinier barbu se tenait derrière nous. David a pris la batte et s'est approché de la bête. Elle l'a regardé venir avec une sale tête de faux témoin. Quand elle a vu l'arme, avec une agilité de siamois bien nourri, elle a bondi de l'autre côté de la pièce puis, se sentant cernée, nous a foncé dessus. On aurait dit la charge d'un buffle. David lui a mis un coup sur la queue et la bestiole a poussé un hurlement de femme enceinte. Elle a filé dans la salle et s'est réfugiée sous une table. Avec le pas feutré du chasseur, la batte à la main, David a avancé vers elle. A ce moment-là, alors que le restaurant était vide, deux couples bien habillés sont entrés. Ils ont demandé : « On peut encore manger ? » Profitant de cette diversion, le rat a giclé de sous la table, leur a glissé entre les jambes et a filé dans la rue. Avec sa batte de base-ball, David l'a poursuivi en gueulant : « Salaud, salopard ! » Les deux couples étaient livides. Le président des guppies leur a expliqué que le restaurant était fermé, et les autres ne se le sont pas fait dire deux fois. Quand David est revenu, il était hors d'haleine : « Si je le coince, ce tigre, je le passe au mixer, t'entends, au mixer, et je cloue sa fourrure sur la porte. Saloperie ! »

Il est allé au bar et s'est servi un verre de gin. Puis il a attrapé une bouteille de lait glacé et me l'a tendue : « Si je ne m'en débarrasse pas, je suis foutu. » On a entendu du bruit dans la cuisine. L'autre salopard était rentré par la porte de derrière. Il nous regardait avec ses yeux d'hépatique. Sa queue bougeait comme celle d'un chien qui attend sa soupe.

Dix-neuf

Il y avait de la lumière sous la porte de la chambre de Jacob. On a frappé doucement puis on est entrés.
— Il est trois heures et demie, tu dors pas encore ? j'ai fait.
— J'avais pas vu qu'il était si tard, je révisais.
J'ai regardé le bouquin qu'il avait entre les mains. C'était un livre de physique.
Anna est allée dormir. Je n'avais pas sommeil. J'ai repris ma phrase. Je l'ai relue : « Chaque fois que je commence un livre j'ai toujours peur de mourir avant de l'avoir fini. » J'ai trouvé une suite. J'ai écrit pendant près d'une heure. Quand j'ai relu mes pages, j'ai vu qu'il n'y avait que le début qui tenait le coup. J'ai tout balancé et je suis allé me coucher. A peine étais-je allongé que l'entraîneur cognait à la porte. C'était la mi-temps. L'arrière qui me remplaçait venait de se claquer. On était menés douze à six. Il faisait un temps affreux et des bonbonnes de pluie tombaient sur le stade. J'ai tenté deux drops d'entrée, le premier a frôlé les poteaux, le second est passé

pile au milieu des barres. A douze-neuf, et malgré l'état du terrain, on a décidé de jouer à la main. C'était notre force. Les British n'en revenaient pas. Je me suis endormi juste après m'être sacrifié pour décaler mon ailier qui n'avait plus qu'à plonger dans l'en-but. Comme c'était parti, les copains n'avaient plus besoin de moi.

Vers midi, Anna m'a réveillé. Elle m'a dit :
— Le chien est revenu.
— Le chien ?
— Oui, le chien est revenu.

Je me suis levé et j'ai effectivement découvert l'animal couché à sa place habituelle. Ça faisait huit jours qu'il avait disparu. Il ne me manquait pas. « Où étais-tu parti, hein, où ? » L'autre m'a regardé en remuant la queue. Je n'arrivais pas à aimer ce chien. Autant je m'étais attaché à ceux qui l'avaient précédé, autant celui-là pouvait disparaître du jour au lendemain sans que cela m'affecte le moins du monde. Ce cocker avait trois défauts que je ne lui pardonnais pas : il était intelligent, hypocrite et méchant. Dans la maison, il avait essayé de mordre tout le monde, mais celui à qui il en voulait le plus, c'était moi. Anna l'aimait bien parce que quand elle lui disait : « Le chien, va te mettre à l'ombre », l'autre se levait pour se recoucher un peu plus loin à l'abri du soleil. On ne lui avait jamais appris et pourtant ça marchait à tous les coups. A part ça, l'animal était une véritable peste. Quand il était sous une table, il était impossible de le déloger. Si j'essayais de l'attraper, il me déchirait la main. Il n'était pas très gros mais avait des dents énormes. C'était comme si on lui avait greffé une mâchoire de requin. Il n'y avait qu'une seule chose qui le ramenait à la raison : l'eau. Il en avait une sainte frousse. Il suffisait que j'ouvre un robinet pour qu'il s'enfuie ventre à terre. Ce chien était bizarre. Parfois, il venait se faire caresser, une heure après, il essayait de vous arracher une jambe. C'était un lunatique. J'ai ouvert le robinet de la cuisine et la bête a détalé dans le jardin.

En y repensant, j'ai toujours eu des chiens à histoires. Le gros qui ressemblait à un vieux lion est mort fou furieux, le petit noir qui chassait les souris a disparu du jour au lendemain, et le gris à poil dur qui adorait manger les chats ne pensait qu'à lécher son engin et à vous monter dessus. Je suis allé boire mon café au bord de la piscine. J'ai dit au clébard qui était couché dans l'herbe : « Va te mettre à l'ombre ! » Il s'est levé et s'est mis à l'abri du soleil.

Ensuite, j'ai réfléchi à ma vie. Elle ne ressemblait à rien. J'avais une existence de millionnaire fauché, je ne faisais rien de mes journées, et elles passaient sans me regarder comme des bolides sur une autoroute. Je n'avais pas de vrai travail, pas d'horaires, pas de contraintes réelles, pas de copains de bureau, pas de problèmes de transport. Et pourtant je me débrouillais toujours pour me retrouver coincé dans les embarras. Je n'étais ni heureux ni malheureux. Je n'étais pas accablé de labeur, mais je n'éprouvais pas non plus l'agréable satisfaction du devoir accompli. Sauf quand je montais mes murs ou que j'ouvrais un chantier. Ça ne durait qu'un mois ou deux.

je me lève 123

Ensuite je retombais vite dans cette sorte de langueur convalescente qui, certains jours, était aussi fade qu'une feuille de cresson. Et je voyais passer ma vie devant moi. Et les jours, et les nuits. Ma femme était toujours là, mes enfants grandissaient, et de temps en temps je changeais de voiture. Dans le fond, ça me suffisait. En fait, j'étais un homme au foyer comme l'avait été ma mère.

Je pensais à tout ça quand Michael est arrivé. Michael était un type immense. Il était aussi maigre qu'une patte de mouche. Quand on était devant des gens, il me prenait par l'épaule et disait : « Lui, c'est mon copain. » C'était un gars formidable. Il inventait des mots. Il disait que j'étais zim-zim. Je ne savais pas ce que ça voulait dire, mais ça me plaisait bien. Quand on lui demandait de quel tissu étaient faits ses vêtements, il répondait invariablement : « C'est du Wolpiluche. » Il disait les « ch » en les faisant siffler sur sa langue. On aurait dit que les mots descendaient d'un immense toboggan. Il riait comme un chien de Tex Avery et imitait remarquablement le cri du phoque. Certains soirs, il me paraissait si fin sur ses grandes pattes que je lui disais : « T'as l'air d'un moustique. » Il repliait alors ses grands bras comme des ailes et devenait aussitôt un anophèle. Michael était une sorte d'homme protéiforme, capable, selon les lunes, de se transformer en insecte ou en mammifère rongeur. Les enfants l'adoraient, il était la mascotte de la maison. Michael était célibataire. Il nous ramenait toujours des filles différentes. Elles avaient toutes la même allure. « De beaux poumons », comme il disait. Il adorait la politique, l'histoire et les guerres. Il étudiait ces trois domaines avec la conscience d'un biologiste. Dans sa tête, il avait ses fiches, ses « dossiers ». Il archivait. Il étudiait les batailles comme un légiste découpe un foie, sans passion mais avec minutie. Il examinait les dégâts, ce qui avait bien pu causer tout ça, et quand il avait son idée, recousait à la va-vite et renvoyait le combat dans les morgues de l'histoire. Des soirées entières, il m'avait parlé des « Panzergrupp Guderian ». Quand il partait, j'avais encore dans les oreilles le bruit des chenilles et des tanks. Michael était une sorte d'expert. Je l'avais vu moucher bien des historiens et bien des journalistes. Il en savait dix fois plus qu'eux. Il n'y avait qu'un domaine où Michael était incompétent : la littérature. Je lui avais donné tous mes livres, mais je savais bien qu'il ne les avait jamais lus. Quand je lui demandais pourquoi il rejetait les romans, il disait : « J'aime pas rentrer dans l'imagination des autres, la mienne me suffit. Je garde ça pour plus tard, quand je serai vieux, quand ma tête se ratatinera. » Je répondais :

— T'as lu mes livres ?
— Oui.
— Pourquoi ?
— Parce que t'es mon copain.

Ensuite, il faisait le phoque. C'était fini. Je savais que je n'en tirerais plus rien. Parfois aussi, Michael devenait acide comme du vinaigre. Il en voulait à tout ce qui bougeait à plus d'un mètre

je me lève

de lui et répétait : « Les gens, tu vois, je comprends pas les gens. »

Aujourd'hui il avait l'air effondré. Il avançait dans l'herbe comme une grosse araignée. Il m'a dit :

— Tu sais quoi ?
— Non.
— La musique, c'est mort.

J'avais craint bien pire. La musique était un autre cheval de bataille de Michael. Il la connaissait bien pour en avoir joué et maintenant pour en vendre. Il importait des instruments du Japon, mais se méfiait des Nippons et de leur légendaire rouerie qui dépassait de beaucoup, selon lui, ce que l'on avait pu lire ici ou là. Il les soupçonnait de monter un complot industriel auquel je n'avais rien compris. Livide, il répétait : « Ce coup-là, la musique, c'est mort. Tu as écouté les radios ces derniers temps, tu as écouté ? C'est clair. C'est évident. On a passé le point de non-retour. Je te l'annonce, les Japs ont gagné. »

J'ai fait celui qui comprenait et j'ai hoché la tête. Pour moi, la musique serait toujours la musique. Mon piano était toujours à sa place et je n'avais qu'à écouter mon fils pour savoir que Michael se trompait.

— Tu veux un morceau de gâteau au chocolat ?
— Aux noix ?
— Aux noix.

Anna faisait le meilleur gâteau au chocolat et aux noix du monde, et Michael le savait. On a filé à la cuisine et on s'en est payé deux bonnes tranches. L'intérieur était fondant comme de la mousse et, de temps en temps, les dents accrochaient un morceau de noix, juste ce qu'il fallait pour donner envie d'en trouver davantage. Michael a avalé ça comme une hostie et déclaré : « Le pire, tu vois, c'est qu'un jour les Japs arriveront à faire un gâteau comme celui-là. »

Ensuite, on est allés se baigner en parlant de sport. Dans l'eau, Michael a imité le phoque. Anna et les enfants le regardaient faire. Quand ils entendaient son cri, tous battaient des mains.

En fin d'après-midi, j'ai pris la Triumph et je suis allé me promener tout seul sur la route de la côte. Le temps s'était couvert et la mer avait grossi. Dans les creux de la houle, on devinait quelques surfers. Quand ils prenaient une vague, ils dessinaient un sillage qui ressemblait à la fermeture Éclair d'un pantalon. Ils étaient agiles comme des élastiques et prenaient des tonnes d'eau sur le visage. Une fois, il y a longtemps, j'avais essayé de les imiter. Je m'étais cassé une côte sur la planche. La nuit, je souffrais tellement que l'entraîneur n'osait même plus venir me chercher. Pendant mon indisponibilité, l'équipe nationale avait pris raclée sur raclée.

J'étais dans la voiture et j'observais les mouettes. Elles volaient comme j'essayais de vivre, en s'économisant. Elles évitaient au maximum de battre des ailes, se faufilaient dans les courants ascendants pour reprendre de l'altitude, et se remettaient au travail, péniblement, quand la situation l'exigeait. Elles s'arrangeaient avec le vent. De temps en temps, elles venaient me voir, elles me regardaient en se disant : « Tiens, en voilà un qui se foule pas, il se laisse porter. » On est restés un long moment, comme ça, elles et moi, elles en haut, moi en bas. Puis la nuit et les gouttes de pluie nous ont séparés.

C'était la première fois que la Triumph prenait une averse. J'ai fermé la capote et j'ai attendu à l'intérieur. Au bout d'un moment, je suis sorti de la voiture pour l'admirer de l'extérieur. Elle était encore plus belle sous l'averse. J'ai mis le contact et branché les essuie-glaces. On aurait dit deux petites mains qui essuyaient des larmes. C'était ridicule, mais c'était comme ça.

Toute la soirée, j'ai regardé passer le crachin sur la terrasse. Je pensais à mes enfants, à Anna, à moi, je pensais à David qui devait guetter son rat, à Michael qui autopsiait les souvenirs d'une armée morte, à Thomas qui conduisait son camion, à Gurney qui lisait ce qu'il publiait, je pensais à Boorman qui méprisait mes voitures, à Boltanski qui vieillissait parmi les jeunes, aux surfers qui griffaient la peau des vagues, je pensais à la Karmann, à la Bel-Air, à la Triumph, je nous voyais tous ensemble tomber du ciel comme l'averse et disparaître dans l'eau de la piscine.

Quand l'entraîneur est arrivé, je l'attendais devant la porte en tenue. Je l'ai pris à part et je lui ai dit : « Aujourd'hui, je vous demande une faveur. Je voudrais jouer seconde ligne. » Le coach m'a regardé en se demandant si je n'étais pas un peu sonné, puis il a haussé les épaules et marmonné : « O.K., Ackerman ! » Il ne savait pas que ce soir j'avais envie de souffrir, d'offrir de bonnes balles à ceux de derrière, d'aller les chercher dans la boue et de leur donner des ballons propres. C'est ça que je voulais. Être utile, me salir, prendre une bonne leçon d'humilité.

Ce soir-là, on a perdu le match. Les autres étaient trop forts. Quand je suis entré au vestiaire, le coach m'a dit : « Je ne vous croyais pas capable de ça, Ackerman. » « Moi non plus », j'ai fait.

Pour une fois, Anna avait assisté au match et elle m'avait découvert tel que j'étais vraiment. Un type anonyme, avec seulement un numéro sur le dos au milieu d'un pack.

Vingt

En me levant, je décidais de me mettre au travail. J'ai décroché le téléphone et appelé Gurney.
— C'est Ackerman.
— Ça va Paul ?
— Gurney, je commence un autre livre.
— Normal, Paul, normal, c'est votre boulot.
— Arrêtez votre musique, Gurney.
— Je suis sérieux, Ackerman, écrire, c'est votre job. Vous le faites, c'est normal. Je ne vous téléphone pas à chaque fois que j'édite un livre, moi.
— Ça fait combien de temps qu'on travaille ensemble ?
— Dix ans, Ackerman. Dix ans que je vous vouvoie, et que chaque fois que je vous propose de me tutoyer, j'entends : « Pas question ! »
— Et si je vous disais aujourd'hui que j'en ai assez et que je veux changer d'éditeur ?
— Eh bien, j'ouvrirais toute grande la porte du bureau, et je vous dirais : « Bonne chance, Ackerman ! »
— Vous ne feriez rien pour me retenir ?
— Rien, Ackerman.

— O.K., je reste, Gurney.
— J'en ai jamais douté, Paul. Pour fêter ça, on se tutoie ?
— Tant que je travaillerai pour vous, pas question, Gurney.

J'aimais bien Gurney. C'était un éditeur qui n'aimait pas les auteurs. Il ne le disait pas, mais moi, je le sentais. Les écrivains étaient des emmerdeurs. Ils avaient tous un vice caché ou des caprices bizarres. Il fallait sans arrêt leur lisser le poil, leur passer la main dans le dos. Gurney ne faisait jamais ça, même avec les meilleurs ou avec ceux qui avaient une grosse cote. Il achetait un livre comme une voiture d'occasion. Quelle que soit la marque, il faisait toujours un tour dedans, examinait l'état des Ferodo et aussi la gueule du vendeur. J'essayais de lui proposer des automobiles saines et en état. Je les retapais de mon mieux. En tout cas, je passais mes nuits à fourrer mes doigts dans leur moteur.

Cette fois, je devais me remettre au travail. Je n'avais plus le choix. J'avais annoncé un nouveau livre à mon éditeur. C'était ma façon à moi de me mettre un couteau dans le dos. C'était psychologique, mais j'avais besoin de me sentir tenu, ne serait-ce que par une parole. J'ai pris une rame de papier neuf et j'ai commencé à écrire : « Quand je suis né, mon père avait quarante-sept ans. Il avait des cheveux gris coiffés en arrière. La première fois qu'il m'a vu dans les bras de ma mère, il a pensé qu'il avait commis une erreur en ayant un enfant. Ça ne voulait pas dire qu'il ne m'aimait pas. Ça signifiait qu'il se sentait déjà trop vieux

je me lève

pour avoir le courage de me regarder grandir. Je n'étais pas là quand mon père est mort. Je n'ai jamais su être là quand il le fallait. »

Ces phrases-là sont venues toutes seules, comme de la buée sur une vitre en hiver. J'ai travaillé d'arrache-pied toute la journée. Les feuillets s'empilaient. L'histoire était triste. En fait, il n'y avait pas d'histoire, c'était des morceaux de souvenirs cousus bout à bout. Anna et Louise sont arrivées dans le bureau. Elles riaient si fort que je voyais vibrer la peau de leur gorge. Elles ne savaient pas qu'au moment où elles entraient, j'étais au bord d'une tombe à regarder un homme descendre sous la terre. Elles ne pouvaient pas toujours tout savoir.

Louise m'a embrassé et m'a dit : « David a eu le rat. »

Tout ça arrivait au mauvais moment. J'étais content pour David mais, en cet instant précis, je n'arrivais pas à me réjouir de la mort de l'animal. Peut-être parce que je sortais à peine d'un cimetière. J'ai dit : « Paix à son âme ! » Au fond de moi, je le pensais vraiment. Je voyais la bête au paradis des rats, suçant un bout de gruyère. En fait, je n'avais jamais cru en Dieu, même si j'étais de ceux qui n'auraient pas été foncièrement opposés à son existence. Je l'aurais bien vu comme un arbitre de rugby, un type en forme, suivant l'action, arrêtant le jeu au bon moment et disant aux piliers : « Pas d'histoires, sinon à la première brutalité j'en sors un de chaque équipe. Compris ? » C'est comme ça que j'aurais vu Dieu. Quelqu'un qui s'efforce de faire respecter les règles et surtout l'esprit pour que le jeu soit clair, pour qu'on puisse vraiment se livrer sans retenue, sans crainte de prendre un sale coup.

Je me souvenais qu'un jour, quand j'étais gosse, au collège, ça avait failli mal tourner avec un curé qui se trouvait être aussi l'entraîneur de l'équipe de l'école. Il me faisait la morale :

— Ackerman, j'aime pas vos manières. Vous racontez partout que vous croyez pas en Dieu. A l'avenir, fermez-la. Sur le terrain, vous respectez bien les arbitres ? Dieu, c'est pareil, il voit tout, il sait tout, et il sanctionne. Dieu, c'est l'arbitre.

— Arrêtez vos salades, mon père.

— Ackerman, vous avez intérêt à respecter Dieu, sinon vous aurez affaire à moi.

— Je respecterai jamais un arbitre tant que je le verrai pas se les geler en même temps que nous sur le terrain.

Sur le moment j'ai ramassé une claque, et par la suite je me suis retrouvé remplaçant. Je ne sais pas s'il y avait un rapport, mais c'est juste à cette époque que notre équipe a commencé à battre de l'aile. Pendant que je me morfondais sur le banc de touche, l'abbé à mes côtés murmurait : « Le purgatoire, c'est ça, Ackerman. »

Louise et Anna sont allées voir David au Behring. Je suis resté à la maison avec les enfants. On a mangé de la pizza et bu du lait. Ensuite, on s'est assis devant la télévision. Jonathan était entre mes jambes, dans un bras je tenais Jacob, dans l'autre Sarah. J'étais si bien auprès d'eux que j'avais envie de pleurer. Je me suis rendu compte que c'était juste un instant de bonheur qui passait.

je me lève

Je les ai tous serrés contre moi. J'ai senti leur corps, leur os, la souplesse de leur peau. Ils m'ont paru plus beaux, plus magnifiques que jamais. Je ne voulais pas qu'on me les prenne, je ne voulais pas qu'ils partent, je ne voulais pas qu'ils grandissent, je voulais seulement qu'ils restent là, toujours, près de moi, et que jamais, jamais aucun de nous ne vieillisse.

Quand les enfants se sont couchés, j'ai pris la voiture et je suis allé faire un tour sur la route de la côte. L'air de la nuit me soufflait sur le visage. Je me suis arrêté au bord de la plage et je me suis mis à marcher. Ce qui tournait dans ma tête faisait plus de bruit que toutes les vagues de l'océan. Je me suis assis sur le sable et j'ai regardé mes jambes. Elles étaient maigres. Exactement comme celles de mon père.

Le lendemain, je suis allé voir ma mère. Elle vivait seule dans une grande maison blanche entourée d'arbres. Je n'aimais pas cet endroit. Il avait quelque chose d'irrémédiablement triste. Les allées du parc semblaient toutes conduire vers des salles d'attente. Il y avait aussi un grand cèdre qui protégeait la maison sous ses ailes.

Ma mère était heureuse que je sois venu. Quand je lui ai proposé de la conduire sur la tombe de son mari, j'ai vu des fleurs pousser dans ses yeux. Pour la route, j'avais fermé la capote de la Triumph. Il n'y avait qu'une quarantaine de kilomètres, mais c'était suffisant pour quitter la ville. J'aimais bien faire ce chemin en compagnie de ma mère. Elle se souvenait du passé, de tout le passé, elle n'avait oublié aucune parole, aucun sentiment. Elle était une sorte de greffière du bonheur. Sur la nationale déserte, avec le ronronnement du moteur, j'écoutais sa voix raconter toutes ces années de grâce, ces temps où il n'était question que de sourires et d'amour. Elle parlait de mon père comme si on allait le chercher à la gare. Il était aussi présent dans sa tête que moi dans cette voiture. Il n'avait jamais été sous terre.

Quand on est arrivés devant le cimetière, le soleil était déjà haut. J'ai accompagné ma mère jusqu'à la tombe, mais quand j'ai vu mon nom inscrit en lettres capitales sur le caveau, comme à chaque fois, j'ai eu peur et je suis retourné à la voiture. Je n'arrivais pas à imaginer le squelette de mon père à quelques pas de moi. Je l'avais senti si proche, l'autre soir, sur la plage. Pour moi il était encore au volant de la Bel-Air à tourner sur son étoile, un coude à la portière, un œil sur l'indicateur de température.

Au bout d'une dizaine de minutes, ma mère est revenue avec un mouchoir à la main et un sourire qui habillait son visage. Le retour fut un véritable délice. La vieille dame me fit part de ses sentiments sur le monde, l'époque, la politique, les mœurs et les gens en général. On a parlé d'Anna et des enfants, et je lui ai raconté aussi l'histoire de mon dernier livre. Elle avait une incroyable capacité à saisir les intrigues, à s'y installer et ressentait mieux que quiconque la psychologie des personnages que je lui dépeignais. Elle me faisait aussi ses critiques qui, bien sûr, la plupart du temps, étaient élogieuses. Mon père avait eu de la chance de vivre avec une femme comme elle.

je me lève

Quand on est arrivés devant sa maison, elle m'a embrassé avec toute la vigueur de son âge et est allée cueillir des fleurs pour Anna. C'étaient des roses rouges comme du sang de soldat. Je les ai déposées à l'arrière de la voiture, leur odeur a envahi l'habitacle comme un essaim d'abeilles. J'ai mis le contact et le moteur a fait un bruit d'avion. Dans les compteurs, les aiguilles ont bondi. Celle qui indiquait la température était au minimum. Mon père aurait été content. Je me suis arrêté le long d'une avenue. Il y avait du monde sur les trottoirs et les gens semblaient en forme. J'ai pensé à rentrer chez moi. Mais j'ai préféré prendre la route du Behring. Je voulais savoir comment était mort le rat.

Vingt et un

Quand je suis entré dans la cuisine, le président des guppies découpait des rondelles de poisson. Plus je le regardais, plus je trouvais qu'il avait une tête à vivre en terre Adélie. Je le voyais avancer à demi courbé dans le blizzard, la barbe raidie par une infinité de glaçons. C'était un homme à vivre sur la banquise.

— Ça va, les guppies ? j'ai fait.
— On vient d'avoir notre assemblée générale annuelle, j'ai été réélu à l'unanimité.
— Un président des guppies qui fait cuire du poisson toute la journée, ça la fout mal, non ?

Le type m'a regardé avec un air mauvais. Je disais ça pour rire. Sa lèvre supérieure s'est relevée et a dévoilé deux ou trois de ses dents. A la façon dont il prenait ma plaisanterie, je comprenais que, pendant sa campagne, ses adversaires avaient dû user de cet argument électoral.

David était surchargé de travail. Je lui ai donné un coup de main. Quand ça a été plus calme, il a dit :

— Anna t'a raconté ?

— En gros.

— Il a pas souffert, il a même pas vu venir le coup. Il était là, tiens, à peu près où tu te trouves. Je suis arrivé par-derrière sur la pointe des pieds et je lui ai mis un grand coup de batte dessus. Il s'est retourné en hurlant comme un lion, m'a regardé avec des yeux pleins de haine et s'est écroulé net, raide. Le plus dur, ç'a été de le faire rentrer dans la poubelle. Il était tellement grand qu'il y avait toujours quelque chose qui dépassait. Ou c'était la tête ou c'était la queue. Et là, je te jure que c'est vrai, j'ai vu le cuistot arriver avec son hachoir, prendre la bête et d'un coup sec lui trancher la queue. Elle était tellement grosse qu'il s'y est repris à trois fois. Ensuite, il a fourré tout ça avec les ordures, parmi les arêtes et les têtes de saumon. Et calmement, sans rien dire, il est revenu à ses fourneaux. Là, le président, il m'a scié.

Avant de quitter le Behring, je suis allé faire un tour aux cuisines. Des filets de poisson se roulaient dans la farine.

Chez moi, j'ai tout de suite senti que quelque chose n'allait pas. Anna m'a dit : « Jonathan est malade. » Je suis allé voir mon fils. Il était étalé sur son lit. Son visage était abîmé par la fièvre. Il parlait avec une voix métallique. On aurait dit que des cordes à piano résonnaient dans sa gorge. Tout d'un coup, il s'est levé et s'est rué vers la salle de bains. Je l'ai entendu vomir. Quand il est revenu se coucher, on aurait dit un petit vieux. « Ça fait quatre fois », il a dit.

— Quatre fois que quoi ?

— Quatre fois que je vomis.

J'étais paniqué. Je voyais mon cadet lentement s'éteindre devant moi, il se vidait peu à peu de sa vie, et je ne pouvais que lui tenir la main. On a sonné à la porte. C'était le médecin. On ne connaissait pas ce type, c'était un remplaçant, on ne savait rien de lui. J'ai pensé qu'il n'était pas installé, qu'il avait peu de pratique et qu'il ne valait peut-être pas un clou. Il était jeune et gras comme un charcutier. Tout de suite j'ai vu qu'on ne s'entendrait pas. Il s'est installé comme chez lui, a étiré ses jambes et en me regardant a dit : « Je suis épuisé, je n'ai pas l'habitude, c'est pour ça. » Ce gars-là en était peut-être à sa première journée de boulot. Il a passé sa main sur ses yeux comme un type qui tombe de sommeil puis s'est approché de Jonathan : « Alors, il paraît que ça ne va pas fort ? » Cette fois, j'en étais sûr, c'était un tocard. Il a dit : « Tu tousses, tu as mal à la gorge, au ventre ? » Le gamin a fait oui de la tête.

— C'est un syndrome broncho-intestinal.

— C'est quoi ? j'ai demandé.

— Un virus. C'est un virus qui affecte à la fois les bronches et l'appareil digestif.

— Comment vous savez ça, vous l'avez même pas examiné ?

— Pas la peine. C'est le quatrième de l'après-midi.

— C'est grave ?

— Non.

Le type s'est de nouveau étiré, a pris son bloc et a commencé à écrire. Il s'est arrêté, a réfléchi un instant, puis a lancé : « Qu'il boive, faites-le

je me lève 139

boire. » Quand il a fini l'ordonnance, il m'a interrogé très librement : « C'est à vous, la BMW garée devant la maison ? »

— Non, elle est au voisin.

— Une sacrée bagnole. Dès que je suis installé, je m'en paye une comme ça. On peut pas acheter ça si on a pas une clientèle solide, voyez, des malades dont on soit sûr, une sorte de fonds constant qui tourne. Qu'est-ce que vous avez, vous, comme voiture ?

— Une Triumph.

— Ouais. C'est un autre genre. Faut aimer.

Je détestais ce gars-là. S'il connaissait la médecine comme les voitures, j'avais du souci à me faire pour la santé de mon fils.

— C'est pas mal la piscine que vous avez, surtout pour les gosses. Dès que je m'installe, j'en fais creuser une. C'est cher, l'entretien d'un bassin comme ça ?

— Tirez-vous, j'ai fait.

— Pardon ?

— Prenez ce qu'on vous doit et tirez-vous d'ici.

Le gros n'a pas compris ce qui me prenait. Il s'est dirigé vers Anna qui lui a réglé son compte en le reconduisant à la porte. Une grosse vague de colère m'est montée aux lèvres : « Foutez le camp d'ici en vitesse, ou je lâche les chiens. » Le médecin a couru jusqu'au portail et s'est réfugié dans sa voiture. C'était une Ford minable, bouffée par la rouille. C'était vraiment un tocard. Anna était scandalisée : « Je n'ai jamais vu un type aussi mal élevé, aussi vulgaire. » Jonathan, qui avait tout entendu, du coup, se sentait mieux. Je l'ai regardé dans le blanc des yeux et je lui ai dit : « Plus tard, quand tu seras grand, je t'interdis, tu m'entends, je t'interdis de devenir docteur. » Le gosse a éclaté de rire : « Pas de danger. Je veux être pilote de course. » Dans son lit, il s'est installé au volant d'une voiture imaginaire et a commencé à monter les rapports en faisant ronfler le bruit du moteur avec sa bouche. J'ai regardé son visage grisé par la vitesse. Mon fils était guéri.

Je suis allé voir Anna. Elle était à la cuisine. J'ai dit : « C'est incroyable, ton frère est médecin, on a cinq copains qui sont les meilleurs toubibs de la ville et on se débrouille toujours pour se faire soigner par des tondeurs de chien ou des conducteurs d'ambulance. » Ma femme n'a rien répondu, je savais ce qu'elle en pensait.

Pendant la nuit, je suis allé voir Jonathan à plusieurs reprises. Je lui passais la main sur le front pour vérifier si la fièvre avait baissé et lui faisais boire un verre d'eau. Je n'arrivais pas à travailler. C'était normal. Je n'allais pas écrire sur la mort au moment où mon fils était malade.

Au matin, Jonathan était sorti d'affaire. Le virus ne savait pas qu'il était tombé dans l'organisme d'un sacré copilote. Il n'avait pas pesé lourd. J'ai déjeuné avec mon fils en parlant de la vie et du collège. Bien sûr, on en est très vite venus aux voitures. Il m'a demandé, pour moi, quelle était la plus belle voiture au monde. Sans hésiter, j'ai répondu que c'était la Jaguar XK 150, ex aequo avec la Porsche 356 de 1963 et la Mercedes 190 SL. « Et la Triumph ? » il a dit. La Triumph, je l'aimais bien. En vieillissant, cette

je me lève 141

voiture avait pris du charme. Autrefois, elle était conduite par des gouapes ou des gosses de riches mal élevés. Aujourd'hui, la TR4 ne se remarquait plus, elle était entrée dans une sorte de retraite discrète, on ne la vénérait pas, elle n'était pas un mythe, seulement une décapotable pour des types sans ambition qui aimaient la vie quand elle leur grattait le cou sur la route de la côte. En plus, il y avait les cils. Mais encore fallait-il avoir les yeux pour les voir.

Je me suis habillé comme si j'allais chez mon éditeur et j'ai quitté la maison. Je suis passé devant chez Gurney, mais je ne me suis pas arrêté. Un quart d'heure plus tard, j'étais au cimetière de voitures où avait été transportée la Karmann. Quand le propriétaire m'a vu, il m'a demandé ce que je venais faire. J'ai dit : « Conduisez-moi à ma voiture. » Le patron a haussé les épaules et m'a amené jusqu'à l'épave. Elle n'avait pas vraiment changé depuis l'autre jour. J'ai tout inspecté, tout bien regardé, évalué l'ampleur du choc et les dégâts sur le châssis. Ça a duré un bon moment. Le type attendait, les mains dans les poches.

— Je veux récupérer ma voiture, j'ai dit en me relevant.
— Faudra payer le transport.
— O.K., je payerai ce qu'il faudra.
— Z'êtes un client bizarre.

J'ai bondi dans la Triumph et filé à toute vitesse chez Boorman. Outre un garage de mécanique, il avait aussi un petit atelier de carrossier. Je lui ai expliqué que je voulais qu'il arrange la Karmann, que je n'étais pas pressé, qu'il pourrait prendre tout son temps, qu'il pourrait faire ça à moment perdu. Il a dit : « M'sieur Ackerman, moi, j'veux bien faire tout ce que vous voulez, mais une fois encore, ça va être de la bricole. Sans parler de ce que ça va coûter. Et encore il est pas dit que vous trouviez les pièces. »

En fin d'après-midi, la Karmann arrivait chez mon garagiste. J'étais là pour l'accueillir. Ses yeux crevés étaient toujours tournés vers le ciel et ses tôles déchirées. J'ai regardé faire Boorman pendant qu'il l'examinait. Lui, c'était un fameux toubib. Il avait des gestes professionnels et précis, il prenait son temps avant de parler. Il auscultait. Quand il s'est relevé de sous le châssis, il a frotté ses mains, s'est approché de moi et, en regardant le sol, a rendu son diagnostic : « Désolé, m'sieur Ackerman, elle est morte. »

— Je sais bien, c'est pour ça que je fais appel à vous, monsieur Boorman.

— Faut pas se moquer du monde, m'sieur Ackerman. Ça vous viendrait à l'idée d'aller déterrer un cadavre, de l'amener chez le meilleur toubib du quartier et de lui demander de le ranimer ? Ça vous viendrait à l'idée ? Non. Faut pas demander l'impossible. Allez, enlevez-moi ça de là.

Boorman s'adressait au casseur. Il lui donnait l'ordre de remballer sa ferraille, de lui dégager l'entrée de son garage. Le type m'a regardé et une nouvelle fois, en haussant les épaules, a harponné la voiture. Il a marmonné : « Faudrait savoir ce qu'on veut. » Avant d'enclencher le treuil, il est venu vers moi : « Faudra pas oublier de payer le transport. » J'ai regardé partir ma voiture.

J'avais eu une idée folle, une idée merveilleuse, celle de faire revivre les morts. Ça m'était passé comme ça par la tête, et j'avais cru que je pourrais y arriver. Boorman n'était pas Dieu. Il était comme tout le monde, seulement capable de soigner les voitures en bonne santé.

J'ai raconté mon histoire à Anna. Elle ne s'est pas moquée de ma tentative. Je crois même qu'elle la comprenait. Cette auto avait représenté un bout de notre vie, peut-être le meilleur. Sur ses sièges, on avait été heureux, jeunes surtout. La Karmann ne nous avait jamais lâchés, elle avait toujours démarré quand il le fallait et grandi entre nous comme une sorte de gros chien affectueux, discret et sans histoires. Nous lui étions attachés, elle faisait partie de la famille. Aujourd'hui, je comprenais que tout cela n'était que du passé, et que nous avions vieilli. Oui, depuis l'accident, nous avions vieilli. Je suis allé dans le garage, je suis monté dans la Triumph et j'ai allumé les compteurs. J'ai passé ma main sur les coussins et le bois du tableau de bord. Puis j'ai posé ma tête sur le volant en murmurant : « Toi, ne me fais pas de sales coups, ne me lâche jamais, tu entends, jamais. »

Au dîner, j'ai eu l'impression d'avoir cent ans. Quand tout le monde a été couché, je me suis mis au piano et j'ai commencé à jouer. C'était un vieux piano qui venait de chez mes parents. Ma mère me l'avait offert à la mort de mon père. C'était un demi-queue en bois ciré. Il n'avait pas une mécanique facile. Avec le temps, elle était devenue capricieuse. L'ivoire des notes avait jauni. On aurait dit les vieilles dents d'un chanteur de charme.

Mes doigts ont léché le clavier comme des langues fatiguées. Je traînais la patte, j'avais perdu mes mains, oublié les prénoms des accords et la mémoire des harmoniques. Les sons étaient aussi tristes et résignés qu'une sortie d'usine.

J'avais soudain le sentiment que la musique ne servait plus à rien, que l'air ne la portait plus, qu'elle tombait goutte à goutte sur le parquet avec le bruit monotone d'un robinet qui fuit. Michael devait avoir raison. Les Japonais avaient envahi mon cœur.

Vingt-deux

La lumière était froide. J'ai ouvert la porte du réfrigérateur, pris la bouteille de lait et l'ai vidée d'un trait. Quand je me suis mis au lit, j'ai senti que ça allait barder. Ce soir, je déclinais ma sélection et je partais en ville faire les bars, un par un, jusqu'à ce que je les coince, jusqu'à ce que je mette la main sur eux.

Il pleuvait et j'avançais comme un taureau. Vers le milieu de la ville, je les ai trouvés. Comme par hasard, ils étaient ensemble. Ils buvaient un coup au comptoir avec des filles. Elles leur passaient la main sur les cuisses et prenaient des poses de sardines. Elles avaient des poitrines superbes. Je suis entré et j'ai commandé un verre de lait. Ils ne m'ont pas remarqué. Le médecin et Boorman étaient trop occupés. Ils rigolaient sans retenue comme des types sûrs de tirer leur coup. « J'aime pas les gens qui rient trop fort », j'ai dit.

— M'sieur Ackerman, venez donc boire quelque chose avec nous.

— Je bois pas avec les poivrots, Boorman.

Et je lui ai balancé mon lait au visage. Le toubib a essayé de se glisser discrètement vers la porte. Je l'ai pris au passage et je lui ai mis un swing à l'estomac. Il s'est plié en deux. Je l'ai redressé d'un coup de genou dans les dents, et cette fois il s'est allongé pour le compte. Je savais que le docteur ne pèserait pas lourd dans l'affaire. Maintenant, il restait Boorman. Boorman-Ackerman, une sacrée castagne, une bon Dieu d'affiche. Le garagiste m'a jeté une bouteille. Bien sûr, je l'ai évitée. Et la bagarre a vraiment commencé. Il manquait d'allonge. Très vite, je me suis rendu compte de ça : il manquait d'allonge. Ses petits bras ridicules ressemblaient à des clefs de douze. Je le piquais sans arrêt avec mon gauche. Ça faisait si longtemps que j'attendais ces instants. Des mois, des années que je rêvais de lui faire ravaler ses réflexions et son mépris. Je voletais autour de lui comme une abeille, chaque fois que je voyais une ouverture je lui en collais une. Je frappais avec la vivacité du cobra. Sa chair éclatait comme un fruit mûr. Il gueulait : « Assez, Ackerman, assez, je vais vous la réparer votre voiture, je vais vous la réparer. » Et moi, je lui en mettais plein les arcades en grognant : « Trop tard, Boorman, elle est morte, c'est vous qui me l'avez dit, on ne ressuscite pas les morts. Je vais vous crever, Boorman. » Bien sûr, saoulé de coups, il a fini par baisser sa garde. C'est alors que j'ai lâché mon droit. Il a démarré comme un V 8, est rentré dans son visage et y a fait de sacrés dégâts. Le garagiste a ouvert la bouche, titubé et s'est rattrapé contre un pilier. Je l'ai saisi par le col et lui en ai balancé une qui lui a fait traver-

je me lève

ser la salle. Au passage, il a cassé quatre tables et mis le juke-box en miettes. Le toubib qui avait repris ses esprits a essayé de fuir. Je l'ai agrippé par la ceinture du pantalon et je l'ai écrasé sur le comptoir comme une grosse mouche. Dans un souffle, Boorman a dit : « Ackerman, vous êtes une ordure ! » Je me suis jeté sur lui, la tête en avant, et on est passés au travers de la vitrine. Il y avait du verre partout. On a continué la bagarre dans la rue. Le visage de Boorman était aussi rouge et gonflé qu'une pizza trop cuite. A bout de force, il a essayé de me donner un coup de pied dans le ventre, j'ai esquivé, chassé sa jambe d'appui et, pendant qu'il était encore en l'air, je lui ai mis un droite-gauche de toute beauté. Cette fois, il avait son compte. Je me suis approché de son visage en sang et j'ai lancé : « Boorman, c'est fini le mépris. Maintenant, vous la fermerez et réparerez toutes mes voitures. J'ai bien dit toutes. » Il a entrouvert ses yeux tuméfiés couleur de moule et, de ses lèvres qui ruisselaient le sang, murmuré : « O.K., m'sieur Ackerman, vous êtes le plus fort. »

Je suis rentré chez moi à pied en relevant le col de ma veste. C'était à peine si je sentais la pluie. Dans le lit, Anna s'est retournée. Elle ignorait tout du combat qui venait de se dérouler à quelques centimètres d'elle. Elle ignorait que ce soir j'avais délaissé le rugby pour la boxe. J'ai fermé les yeux et je me suis endormi comme une masse. J'étais crevé.

Quand je me suis réveillé, le soleil était déjà haut. Anna parlait au téléphone avec Louise. Elles avaient à peu près la même vie. Je les enviais. J'avais mes raisons. J'ai bu mon café en lisant le journal. Je ne savais pas pourquoi je lisais le journal. Les nouvelles ne m'intéressaient pas vraiment. Sauf les résultats de sport. Mais ça, c'était le lundi.

Quand Anna est passée devant moi, je lui ai demandé pourquoi depuis des années on achetait un quotidien. Elle m'a regardé, pensive, puis a dit : « La météo, peut-être. »

Je me suis alors demandé combien de types se trouvaient dans mon cas et achetaient le journal par simple habitude, sans jamais en éprouver ni le besoin ni l'envie.

J'ai décroché le téléphone et appelé Thomas.

— Est-ce que tu peux me dire pourquoi tu achètes le journal ?
— Pour les programmes télé.
— Et la météo ?
— J'ai jamais cru à la météo.

On a parlé pendant près de trois heures. Comme toujours, on a dit des phrases impérissables qui se sont dissoutes dans l'air en pétillant comme de l'aspirine, on a décidé de faire un livre ensemble, un livre qui marche, avec un sujet attirant comme un néon de bar. On a cherché des idées et on en a trouvé. On les a jugées plus formidables les unes que les autres, on les a développées, chapitrées, on a proposé deux ou trois titres, choisi l'éditeur, négocié ferme et conclu l'affaire. On a décidé alors qu'après un tel succès, on avait

je me lève

droit à des vacances, et on est passés à un autre sujet de conversation. Écrire avec Thomas était un vieux rêve. Je ne sais pas comment nous aurions fait si un jour nous avions réellement décidé de collaborer. On n'était pas faits pour travailler ensemble. On était faits pour pisser de concert dans la voiture d'Annibal.

Je n'avais pas vu passer la journée. Elle m'avait filé entre les doigts comme du sable. C'était toujours pareil, je n'avançais pas. Je ne faisais rien, j'étais à peine plus vivant qu'un végétal. Moins utile en tout cas qu'un bon chien de garde. Au milieu de la nuit, j'ai éteint la télé et je suis allé regarder mes enfants dormir. Ils avaient chacun un style particulier : Jonathan, roulé en boule comme un petit dogue, Sarah, raide comme une jetée, et Jacob, étalé comme une flaque d'huile. J'écoutais la musique que faisait l'air en traversant leur bouche et, dans leur tête, le bruit de leurs rêves. Ils étaient trois, dans trois chambres, couchés dans trois lits différents. La vie les avait déjà séparés.

Il faisait jour. C'est tout ce que j'ai vu. Ensuite, comme à chaque fois, je me suis mis à pleurer. Anna m'a vu et a dit : « Tu as rêvé que tu volais ? » Elle avait l'habitude. Elle m'a laissé dans mes humidités. C'était une femme qui avait les pieds sur terre. J'ai passé les mains sur mon visage. Bon Dieu, c'était terrible. Depuis que j'étais enfant, deux fois par an, je rêvais que je volais. C'était extraordinaire. Je volais vraiment, avec mes bras, je volais au-dessus de la terre. Mais, cette fois, ça avait été plus réel que jamais.

J'étais sûr et certain que cette nuit j'avais volé. Ce n'était plus une impression, on entrait là dans le domaine des sensations. Au début, comme toujours, cela avait été difficile, mais arrivé à une dizaine de mètres de hauteur, le vent m'avait soulevé comme un oiseau. Très vite, j'avais acquis l'aisance des mouettes, survolé un bouquet d'arbres verts et tendres comme de la salade, dépassé la plage pour faire un tour au-dessus de la mer, puis j'étais revenu vers la maison et j'avais vu la piscine, le toit et les cheminées. L'air coulait sur ma peau, comme de l'huile froide, mon cœur battait au rythme de celui d'un goéland. De temps en temps, je donnais un coup d'aile et je repartais vers le soleil. J'avais volé, j'en étais plus convaincu que d'avoir écrit des livres. Je me suis levé, je suis allé voir Anna et je l'ai saisie par les poignets :

— Anna, je t'assure que j'ai volé cette nuit, j'en suis sûr, c'est trop fort, c'est impossible autrement.

— Mais oui, je sais que tu voles deux fois par an depuis bientôt vingt ans. Ta mère m'a toujours dit que tu avais pris ton envol très tôt.

— Anna, je ne plaisante pas, j'ai volé, tu comprends, cette fois c'est vrai.

— Lâche-moi, tu me fais mal.

— Mais, bon Dieu, je te jure que j'ai volé, je l'ai senti comme je te vois.

— Tu commences à me fatiguer avec tes histoires. Tu te lèves en pleurant et tu m'engueules parce que tu voles. Tu veux quoi ? Que je te félicite ? Que je m'apitoie ? Que je te nourrisse avec

je me lève

des graines ? Que je convoque les journaux ? Ou que je dise au voisin, vous savez, pendant que vous dormez, Paul Ackerman vole, lui ?

J'habitais avec une femme qui avait un freezer à la place du cœur. Elle était faite pour vivre avec un dentiste ou un assureur. Pas avec un type qui vole.

Généralement, il me fallait une demi-journée pour me persuader que j'avais rêvé. Mais, cette fois, ma conviction ne me lâchait pas. A l'heure du dîner, je suis sorti, j'ai pris la voiture et j'ai filé au Behring. Il n'y avait pas beaucoup de monde. David était assis à la table d'un ami à nous, un vieux copain, un dermatologue. Un type épatant, qui préférait gratter des murs dans une vieille maison que récurer la peau des hommes. Il avait une tête à vivre longtemps. Quand il s'ennuyait, il feuilletait l'annuaire du téléphone. Quand il trouvait un nom qui lui plaisait, il se figurait le personnage, lui donnait une famille et lui attribuait une maison à l'adresse indiquée. Une fois tout cela bien en place dans sa tête, il décrochait le combiné et appelait le type. Souvent, ça tournait court, occasionnellement, il lui arrivait de sympathiser. Il encadrait alors le nom dans le Bottin. Boris avait une drôle de manière de se faire des copains. Quand il ne travaillait pas à l'hôpital, il passait son temps à remettre en état une vieille maison au bord d'une rivière qui puait. Sa femme faisait semblant de ne rien sentir et nous, on évitait de respirer. Boris n'était pas un vrai dermatologue. Sa spécialité, c'était plutôt les éruptions sous-cutanées, celles qui ne se voient pas mais qui endommagent la tête, qui suppurent, qui desquament. Je savais que, le jour venu, je pourrais aller lui montrer mon impétigo cérébral. En plus, il aimait tous les livres. Il était tout sauf un médecin qui rêve de BMW.

J'étais content de le voir, j'étais content de voir David, j'étais content de retrouver des gens qui allaient me comprendre. Je me suis assis et j'ai dit : « Vous savez ce qui m'est arrivé cette nuit ? C'est incroyable, mais j'ai volé, je vous jure que j'ai volé. » David m'a servi un verre de lait et, en se tournant vers Boris, a murmuré : « Comme tous les ans. » J'ai fait celui qui n'avait pas entendu et je leur ai tout raconté, le départ, les premiers mètres si pénibles, et ensuite l'envol, la mer, les goélands, le vent qui se glisse sous les vêtements et rafraîchit la peau, les yeux qui piquent avec la vitesse. Plus je parlais, plus je retrouvais mes sensations. Eux ne souriaient plus, ils voyaient maintenant ce que j'avais vu, ils éprouvaient ce creux à l'estomac à chaque fois que je m'élevais, ils étaient avec moi, sous mon aile, je les avais emportés, ils ne faisaient plus les malins, on aurait dit qu'ils avaient peur que je les lâche en plein ciel. Quand j'ai eu fini, des larmes ont coulé sur mes joues. David a allumé une cigarette et Boris a reniflé le bout de ses doigts. Moi, j'ai bu un coup de lait. En nous voyant, comme ça, côte à côte, silencieux, j'ai pensé : « On dirait trois hirondelles qui attendent l'automne. » Le président des guppies a apporté le dessert de Boris et nous a regardés avec des yeux bizarres. Qu'est-ce qu'un type qui élevait des poissons pouvait bien comprendre aux oiseaux ?

je me lève 153

On est restés ensemble jusqu'à la fermeture du restaurant, puis on est allés marcher dans les rues. Il y avait encore du monde. Les gens avaient l'air heureux. Dans un camion, un type préparait des pizzas épaisses comme des côtes de bœuf. Il écoutait de la musique en travaillant. J'ai pensé à Michael et aux Japonais qui peuplaient ses nuits. Ensuite, des filles sont passées devant nous. Elles avaient des jambes souples comme des élastiques, des mollets nervurés et des chaussures noires. Elles avaient des ventres plats, des poitrines rondes et leurs bouches étaient rouges comme du sang de taureau. On sentait l'odeur de leur peau et on entendait le bruit de leurs langues. David a allumé une cigarette, Boris a reniflé le bout de ses doigts et j'ai fini ma bouteille de lait.

Vingt-trois

Je suis rentré par la route de la côte. La nuit était claire. On aurait dit un lever du jour. J'ai mis les gaz et la Triumph a bondi. C'était agréable. Le vent froissait ma chemise et faisait claquer le bout de mes cheveux comme des fouets. J'étais Graham Hill, je sentais ses moustaches rousses frétiller sur ma lèvre et l'odeur de son casque à côtes d'orange coulait sur mes joues battues par les lanières. J'avais un œil sur le compte-tours. J'ai rétrogradé. L'aiguille a fait un bond de jaguar, les cylindres ont hurlé à la façon des loups et je suis rentré à fond dans la courbe. La musique des pneus a réveillé la nuit, j'ai repassé la quatrième. Derrière, je les avais tous largués. Sur la longue ligne droite de la plage, j'étais à cent soixante. Un bon cent soixante, sans histoire, le volant bien calé dans l'axe, pas la moindre vibration. Le cent soixante d'un type qui court relâché.

Deux cents mètres plus loin, j'étais arrêté sur le bord de la route. Le moteur de la Triumph ronronnait, penaud. Le flic qui me braquait sa torche sur le visage ne savait pas qu'il avait affaire à Graham Hill.

— Alors, on se prend pour Fangio ?

— Fangio aurait pas pesé lourd face à Graham Hill, j'ai répondu.

— On fait pas le malin, on me présente ses papiers et ensuite on sort de la voiture pour l'alcootest.

— J'ai jamais bu que du lait.

— C'est ce qu'on va voir.

J'ai fouillé dans mes poches. Je n'avais pas mes papiers. Ça a fait rigoler le flic. Il s'est tourné vers son coéquipier en gueulant : « Figure-toi que Fangio est sorti sans sa licence. »

— Vous avez pas à m'appeler Fangio, j'ai fait.

Je n'aimais pas ce type. Il avait une tête de lézard, une saloperie de tête de lézard. Sa peau était trouée comme une passoire et il avait une énorme verrue brune sur le nez. « Soufflez dans le tube. »

— J'ai jamais bu que du lait, bon Dieu !

— Ça, c'est ce que disent tous les types qui biberonnent. Tous, ils disent qu'ils boivent que du lait. Seulement mon appareil à moi, le lait, y s'en fout. Ce qu'il aime pas, mais alors pas du tout, c'est l'alcool. Alors on fait pas d'histoire et on souffle.

J'ai soufflé. Le flic a paru déçu. Il a dit : « Si on est à jeun, c'est encore plus grave. Ça veut dire qu'on est inconscient naturellement, dangereux dans le sang. » Il s'est tourné vers son copain et a crié : « Négatif ! » L'autre a téléphoné au Central pour savoir si la Triumph n'était pas une voiture volée. Le lézard a fait le tour du cabriolet et est revenu vers moi : « On en voit plus beaucoup des comme ça. Moi, j'ai jamais aimé les anglaises. C'est des pièges. Ça bouffe de l'huile et on est toujours emmerdé. Faut être gonflé pour faire de la vitesse là-dedans. » Le coéquipier a fait signe que tout était O.K. Le lézard a roulé des yeux et a grogné : « C'est pas parce qu'on a pas piqué la bagnole que ça prouve qu'on est en règle. » J'étais tombé sur un vicieux. Il était plus de trois heures du matin, le ciel était splendide, la mer montait tranquillement, et cette espèce d'iguane n'en finissait pas de me tourner autour. Il a fallu que je donne mon nom, mon prénom, mon adresse. Quand on est arrivé à la profession, le flic a levé la tête : « On écrit ? On écrit quoi ? »

— Des livres, j'ai fait.

— Des romans policiers où on passe pour des cons, où on est corrompus jusqu'à l'os et bêtes comme des navets, c'est ça qu'on écrit, je parie ?

— Non, mais vous me donnez des idées.

Le warang s'est tourné vers son copain : « Tu te rends compte, on est tombés sur un marrant. On peut dire qu'on a de la chance. On le chope à cent soixante sans papiers sur la route de la côte et en plus, il nous prend ouvertement pour des billes. Tu sais ce qu'on va faire, Shakespeare ? On va te coffrer jusqu'à que quelqu'un nous amène tes papiers. »

Ils m'ont fait monter dans leur voiture dégueulasse qui puait la bière. Il y avait des canettes partout, on marchait dessus. Le vicieux a démarré en disant : « Tu vois, nous, on n'a jamais été élevés

je me lève

au lait. » Le coéquipier a rigolé et branché la sirène. On roulait à tombeau ouvert vers le commissariat. Le lézard grillait les feux, brûlait les stops, cramait les priorités. Les rares types qui nous voyaient passer devaient me prendre pour un drôle de voyou. Il n'y a que les gros voyous qu'on coffre pied au plancher.

Pendant le trajet, j'insultais le lézard. Ça n'arrangeait pas mes affaires, mais ça soulageait mon cœur. Le flic me répondait : « Ça m'en touche une sans faire bouger l'autre. » Et il éclatait de rire.

Comme je ne me calmais pas, l'associé a dit : « T'as des lettres, Shakespeare, c'est bien, continue, tu nous amuses. » Quand on est arrivés, le poulet m'a tiré si fort que je me suis cogné la tête contre le pavillon de la voiture. J'ai crié et trébuché sur le trottoir. L'autre ordure m'a relevé par le col de la chemise et m'a collé un coup de matraque sur les omoplates. Puis il s'est tourné vers son copain : « Tu vois, finalement, c'est fragile les buveurs de lait. » Ils m'ont coffré dans une cellule avec un poivrot, une pute et un jeune gars qui avait l'air vraiment secoué. Il pleurait sans arrêt et hurlait entre deux hoquets : « Je veux mes mandarines, rendez-moi mes mandarines, je vous en supplie ! » La pute fumait des cigarettes longues comme des semi-remorques. Son visage ressemblait à une ampoule jaunie. On sentait qu'à l'intérieur le filament n'en avait plus pour longtemps. Elle avait de jolies jambes qui se terminaient par d'invraisemblables chaussures rouges, des chaussures avec des talons hauts comme deux immeubles. Le poivrot était couché par terre. Il avait vomi. Son visage trempait dedans. L'odeur était acide. La pute m'a regardé, puis m'a demandé pourquoi j'étais là.

— Je roulais à cent soixante, j'ai fait.
— Et alors ? a répondu la fille.

Elle a haussé les épaules et ajouté : « C'est des tordus, ces mecs-là. Moi, ils m'ont coffrée parce que je voulais pas les sucer gratos dans leur bagnole. Y m'ont dit : "Si tu nous pompes, on passe l'éponge." J'ai répondu : "Vous pouvez vous l'accrocher." Alors y m'ont embarquée. Sur le trajet y z'ont voulu me palucher, mais j'me suis pas laissé faire. Y z'ont dit : "Si t'es gentille avec nous, si tu nous branles bien, on te relâche au coin de l'avenue." Je leur ai dit qu'y pouvaient s'la cirer. Alors y m'ont mis des baffes en gueulant : "Puisque c'est comme ça, on va t'enculer au commissariat." C'est des merdes. »

L'autre, à intervalles réguliers, réclamait ses mandarines. Je ne comprenais pas pourquoi on ne les lui donnait pas.

— Tu fais quoi ? a dit la fille.
— J'écris des livres.
— Des romans d'amour avec des types au poil qui veulent nous sortir du tapin ? C'est des conneries comme ça que t'écris ? Moi, au boulot, j'ai jamais rencontré que des types qui en voulaient pour leur fric. C'est tout.

J'avais mal à la tête. Dans la cellule, l'odeur était devenue insupportable. La pute me fatiguait avec ses raisonnements sur la vie. De temps en temps, le lézard passait devant les barreaux et demandait : « Ça va, les amoureux ? Ça baigne ? T'as la gaule, Shakespeare ? Je sais que t'as la gaule. Cette fille, elle fout la gaule. Fais-toi pomper, Shakespeare, profites-en, c'est bon pour l'inspiration. » Je n'avais plus le courage de répondre. Je me suis roulé en boule sur le banc et j'ai attendu.

Vers sept heures du matin, Anna est arrivée avec mes papiers et ceux de la voiture. Les deux flics qui m'avaient embarqué n'étaient plus là. L'équipe de jour les avait remplacés. J'ai demandé à voir le chef. Un jeune poulet m'a dit : « Il est pas là. Il est parti. Mais vous l'avez déjà vu. C'est lui qui vous a coffré, c'est lui qui s'occupe de la patrouille de nuit. »

— Depuis quand on insulte et on frappe les gens pour excès de vitesse ? Depuis quand on les met au trou pour ça ?

— J'veux pas d'histoires. Ce qui se passe la nuit, c'est pas mon affaire.

— Si vous voulez pas d'histoires, vous n'avez qu'à pas en faire. Vous êtes tous des billes, j'ai gueulé en sortant.

— Hé, m'sieur, vous oubliez vos papiers sur le comptoir.

Anna me faisait la tête. Elle avait eu peur. Quand la police lui avait téléphoné, elle avait cru que j'avais eu un accident. Au lieu de cela, elle m'avait trouvé ratatiné sur une banquette entre une pute, un poivrot et un jeune homme qui pleurait pour un sachet d'agrumes. J'ai pas voulu engager la discussion, ça n'aurait servi à rien. Quand les enfants m'ont vu arriver, ils ne m'ont posé aucune question. J'ai pris une douche et je me suis couché.

Vers une heure, Anna m'a apporté une tasse de café. J'ai marmonné : « Excuse-moi pour cette nuit, mais ces salauds ne m'ont pas laissé passer un coup de fil pour te prévenir. » Elle a souri. Ses lèvres rouges et parfumées sont entrées dans ma bouche, et tout doucement le jour s'est levé.

Plus tard, je me suis mis au travail. Et les feuillets ont commencé à tomber. Je tenais mon histoire. Elle se passait dans un commissariat de quartier. Au début, dans la cellule, il y avait un pochard, un jeune homme qui pleurait et une femme qui regardait ses jambes. Puis la cage s'est ouverte et deux flics ont poussé un homme à l'intérieur. Quand il s'est relevé, il a entendu la musique d'une matraque qui cognait contre les barreaux.

Juste avant le dîner, j'ai relu ce que je venais de faire. Il y avait bien une vingtaine de feuillets. Ça ressemblait à un téléfilm, ça ne valait strictement rien. J'ai tout balancé à la poubelle. Je n'aimais pas jeter, mais tant que j'en avais le courage, il fallait le faire. J'ai repris les lignes que j'avais écrites quelques jours plus tôt : « Quand je suis né, mon père avait quarante-sept ans... » J'ai posé tout ça sur le bureau et je suis allé manger. Une journée de plus. Une journée de moins. Il fallait voir.

J'ai regardé la télévision, puis j'ai écouté mon fils jouer de la guitare. J'ai observé son visage avec attention. On aurait dit celui d'un martyr. Il avait un épiderme de supplicié. Avec cette peaulà, mon fils avait tous les droits. J'ai haï Boltanski et embrassé Jacob.

Sarah lisait. Sarah lisait toujours. Quand elle m'a vu, elle m'a fait un sourire. J'ai aperçu la ferraille dans ses dents. On a bavardé un moment. Je l'ai surtout écoutée. J'aimais que ma fille me parle de sa vie. Elle avait l'air à l'aise dans ce monde curieux. J'avais du mal à comprendre ça, mais, par certains côtés, je l'enviais, je trouvais qu'elle avait de la chance.

Jonathan feuilletait une revue de voitures de course. Mon cadet avait vraiment une tête de pilote. C'était un gosse qui savait ce qu'il voulait. Il n'était pas du genre à se laisser doubler. En l'embrassant, j'ai pensé que je n'aimerais pas courir contre lui.

Anna était au téléphone avec Louise. Je suis sorti dans le jardin. Il faisait encore lourd. J'ai enlevé ma chemise et mon pantalon et je me suis glissé dans l'eau de la piscine. J'essayais d'avancer en faisant le moins de bruit possible, à la manière des nageurs de combat. J'étais irrepérable. En moins de cinq minutes, j'étais devenu un as. On m'avait d'ailleurs bien noté et j'avais reçu ma première mission : poser trois mines sur un gros navire amiral. Je me suis enfoncé dans l'eau noire. Très vite, je me suis retrouvé au ras de la coque. En haut, j'entendais les voix des marins qui parlaient sur le pont. J'ai réglé les minuteries, puis j'ai regagné ma base avec la discrétion d'une araignée d'eau. J'ai attendu un moment en regardant ma montre. A la seconde près, les charges ont explosé. Sur le bateau, l'alarme a retenti. On aurait dit le cri d'un cochon qu'on égorge. C'était trop tard, dans moins de dix minutes le navire aurait coulé par le fond. « Mission acomplie », j'ai marmonné. Je suis sorti de l'eau et je suis allé me sécher à la maison.

J'ai allumé la télévision. Le présentateur a annoncé les nouvelles. Elles ressemblaient à celles d'hier. En fait, le monde changeait très peu. Il donnait l'impression de bouger, mais il ne changeait pas. Il était un peu comme moi. Il tentait tous les jours quelque chose, mais la plupart du temps, le soir, il se retrouvait à son point de départ. Le monde avait la vie devant lui. Moi, pas.

Anna s'est allongée sur le canapé. J'imaginais mal qu'après tout ce temps elle ait encore du plaisir à rester près de moi. Parfois, c'était certain, elle devait avoir envie d'un jeune type avec une tête bien proportionnée et des mains énergiques. Elle devait rêver d'un gars qui se lève tôt, qui parte tous les matins à son travail en quatre-portes et rentre le soir avec sa paye et des perspectives prometteuses. Certains jours, oui, elle devait avoir envie d'un type comme ça. Quelqu'un de bien, de régulier, de fiable, quelqu'un qui s'occuperait davantage des gosses et des vacances, quelqu'un qui croirait en quelque chose.

J'ai pris Anna dans mes bras. J'ai dit : « T'es venue voir la météo ? » Elle a posé ses lèvres sur ma bouche. Pendant qu'on s'embrassait, j'entendais le speaker affirmer qu'il y aurait le lendemain des passages nuageux et des risques d'averses. J'étais sûr qu'Anna l'écoutait aussi.

Vingt-quatre

Je me suis levé vers dix heures. C'était exceptionnel. Il me semblait que j'avais devant moi une journée immense, une sorte de dimanche. J'ai bu mon café et j'ai décidé de faire des longueurs de bassin. Je suis arrivé à deux cents. Avec mes lunettes spéciales, je suis arrivé à deux cents. J'ai poussé un cri de joie. Je levais les bras face aux oiseaux qui s'étaient rassemblés dans les arbres. Ils venaient d'assister à un exploit. J'avais pulvérisé mon record. Je suis sorti de l'eau sans emprunter l'échelle, avec cette aisance féline qui caractérise les nageurs de compétition. J'étais un athlète de haut niveau. Deux cents fois sept mètres égalaient quatorze cents mètres. Un sacré bout de chemin pour un homme qui écrit des livres. J'ai dit à Anna : « Quinze cents mètres, record battu. » J'arrondissais toujours. Je n'éprouvais absolument aucun plaisir à ce genre d'exercice. Je faisais ça comme on se lave les dents. Et puis il me semblait qu'Anna considérait mes performances avec un certain respect. Une fois, elle aussi avait voulu se lancer dans la compétition. Elle n'avait pas dépassé soixante longueurs. Le fait que j'en parcoure deux cents me conférait un certain prestige. Surtout avec mes lunettes spéciales anti-buée. Je savais tout ce que je leur devais. Je n'aimais rien tant que l'on me surprenne en plein effort. Je soignais alors le style de ma brasse coulée. Le spectateur en avait pour son argent.

Vers midi, le téléphone a sonné. Anna a répondu. J'ai entendu qu'elle parlait avec sa voix un peu sèche. J'en ai déduit que les ennuis arrivaient. Elle est venue vers moi et a dit : « C'est la banque. » J'ai pris la communication.

— Monsieur Ackerman ? Ici Simmons, comment allez-vous ?

— Comme un type qui vient de faire deux kilomètres à la brasse coulée.

Je connaissais Simmons. Je pouvais me permettre de lui mentir, ce n'était pas un banquier soupçonneux.

— Monsieur Ackerman, il faudrait qu'on se voie cet après-midi.

— Des problèmes ?

— Oui et non, monsieur Ackerman. Il m'est difficile de parler de tout cela au téléphone, j'aimerais mieux que vous passiez me voir.

Je savais ce que c'était. Le chèque de la Triumph venait d'être débité, voilà tout. On était fauchés une fois de plus. Ce genre de situation n'était pas pour m'inquiéter : jusque-là, je m'en étais toujours sorti. J'étais un faux riche que frôlaient parfois les mâchoires de la pauvreté. Je ne vivais pas au-dessus de mes moyens, je vivais ailleurs, au pays de l'insouciance et de l'inconséquence, là où l'argent ne s'accumule jamais mais permet simplement de passer d'un jour à l'autre sans trop se soucier. Je n'avais jamais connu la misère et je n'avais pas la plus petite idée de ce que pouvait être l'opulence.

Ce matin, en me levant, je n'avais pas de problèmes de fric. Quatorze cents mètres plus loin, j'étais fauché. Je me suis habillé comme pour aller chez mon éditeur et j'ai filé à la banque. Quand Simmons m'a vu, il s'est levé, m'a serré la main, puis le bras et m'a tout de suite conduit à un petit bureau sans fenêtre où se traitaient généralement les cas douloureux. L'endroit ressemblait à une salle d'attente de dentiste. Il y avait une table, un fauteuil et une chaise. Simmons a pris le fauteuil et m'a proposé la chaise. C'était normal, il était banquier et moi fauché. Simmons n'était pas franchement antipathique. Il était plutôt bizarre. Ses vêtements étaient excessivement tapageurs. On aurait dit qu'il s'habillait dans les surplus des chanteurs de variétés. Il portait tantôt des blousons de daim à longues franges, tantôt des vestes aux coupes excentriques et outrageusement épaulées. Il avait un visage avenant, des cheveux frisés à force de mises en plis, bref, je ne le prenais pas au sérieux.

— Monsieur Ackerman, je suis très ennuyé avec votre compte. On a un gros découvert.

Il disait toujours « on » à propos de mes problèmes d'argent. Il s'associait à mes ennuis. C'est bien comme cela que j'aimais les banquiers, solidaires dans le malheur.

— On ne va pas pouvoir conserver indéfiniment un trou de cette importance. Il faut qu'on trouve ensemble une solution.

Il avait dit « ensemble ». Simmons ne me lâchait pas.

— Faites-moi un prêt.

— Bien sûr, on y a pensé, monsieur Ackerman, c'est ce qui vient tout de suite à l'esprit. Mais il faudrait que nous prenions une hypothèque sur votre maison.

— Une hypothèque pour un découvert de trois fois rien ?

— Trois fois rien, c'est vite dit, monsieur Ackerman. Le problème, voyez-vous, c'est que vous n'avez pas des revenus réguliers. Si vous aviez un salaire versé chez nous chaque mois, alors là, les choses seraient différentes.

— Ça veut dire quoi, Simmons ?

— Qu'avec un métier comme le vôtre, monsieur Ackerman, on n'est jamais sûr de rien. On touche à l'Art, vous comprenez, et dès qu'on touche à l'Art...

— En clair, vous voulez quoi ?

— On souhaiterait que vous régularisiez, disons sous huitaine. Sinon, ensuite, on devra envisager l'hypothèque avant l'attribution d'un emprunt. Je préfère vous parler très franchement, monsieur Ackerman. D'autres auraient tourné autour du pot. Moi, je suis partisan de dire la vérité.

Je n'étais pas vraiment surpris par les propos de Simmons. J'ai dit : « L'affaire sera réglée dans une heure. » Je me suis levé et, sans serrer la main du banquier, je suis sorti.

je me lève

La secrétaire de Gurney m'a fait un brin de conversation et m'a ensuite conduit chez le patron. « Faites chier, Ackerman, c'est toujours pareil, dix ans que ça dure. Z'êtes une cigale, Ackerman, j'ai pas besoin de cigales dans mon écurie. » J'avais l'habitude. Chaque fois que je lui demandais une avance sur mes droits d'auteur, c'était pareil. Mais Gurney était un chic type, je savais que je pouvais compter sur lui. Il m'a fait un brin de morale et, aussitôt après, le chèque.

Quand je suis revenu à la banque, Simmons m'a regardé comme une apparition. J'étais entré par cette même porte il y avait exactement cinquante-cinq minutes. J'ai posé le chèque sur le bureau et demandé : « Ça va comme ça ? »

L'autre venait de prendre un coup au moral. Il avait les joues toutes rouges.

— Il ne fallait pas vous presser, monsieur Ackerman, il n'y avait pas urgence, vraiment...

— Vous m'aviez donné huit jours, j'ai préféré régler ça en une heure.

Simmons n'en revenait pas. Moi, je venais de gagner six mois et une sacrée considération. J'étais sûr que mon banquier me tenait maintenant en haute estime. Un type capable de nager deux mille mètres en brasse coulée et de vous effacer une ardoise en cinquante-cinq minutes chrono n'était pas n'importe qui. A la mine de Simmons, je savais qu'au prochain découvert il hésiterait avant de décrocher son téléphone.

— Maintenant que cette petite affaire est réglée, a dit le banquier, je peux vous l'avouer, j'ai adoré votre dernier livre.

— Vraiment ? j'ai fait.
— Absolument formidable, monsieur Ackerman. Il me tarde de vous lire à nouveau. Vous êtes à mon sens un des rares auteurs qui surnagiez dans l'époque.
— C'est très gentil, monsieur Simmons.
— C'est la vérité, monsieur Ackerman, sinon je ne vous le dirais pas.

Je lui ai serré la main et je suis remonté dans la Triumph. Quand je suis arrivé à la maison, Anna m'a demandé comment les choses s'étaient passées.

« Tout est réglé. Simmons est un type au poil, et en plus, figure-toi, il connaît la littérature. »

— Ça, tu peux le dire, a répliqué Anna. Et elle m'a tendu une lettre de la banque qui n'était en fait que la confirmation écrite des propos que Simmons m'avait tenus. Le courrier disait, entre autres, ceci : « ... vous comprenez qu'en regard de la profession qui est la vôtre, et de la notoriété tout à fait relative dont vous jouissez, nous ne pouvons plus longtemps tolérer un découvert aussi important sur votre compte sans envisager... »

J'ai bondi au téléphone :
— J'ai reçu votre courrier, Simmons.
— N'en tenez surtout pas compte. C'est une façon de faire courante, administrative, c'est une lettre type.
— Ma notoriété relative aussi, c'est une lettre type ?
— Ne vous attachez pas aux mots, monsieur Ackerman. Pour moi, ce dossier est clos. Vous n'auriez d'ailleurs jamais dû recevoir ce courrier.

je me lève

— Je vais changer de banque, Simmons.
— Ne dites pas de bêtises, monsieur Ackerman. On vous a et on est fier de vous garder. Travaillez tranquille et faites-nous encore de beaux livres.

J'ai raccroché, enlevé ma chemise et mon pantalon, pris mes lunettes spéciales et, nu, je suis allé vers la piscine. J'étais tellement en colère que quand je suis entré dans l'eau elle s'est mise à bouillonner. Anna m'a aperçu et a demandé : « Qu'est-ce que tu as dit à Simmons ? » J'ai mis ma tête sous l'eau et j'ai nagé jusqu'à la nuit.

J'ai mangé une pizza à moi tout seul. Les enfants avaient invité des copains. Il y avait de la musique dans toute la maison. On aurait dit un soir de réveillon de Noël. J'ai pensé à ma mère qui vivait seule dans sa grande bâtisse entourée de roses silencieuses et j'ai vidé ma bouteille de lait. Il était temps que je me mette au travail. Je suis allé à mon bureau, j'ai pris un bloc de papier et j'ai écrit : « Quand je suis entré dans la banque, ce n'était pas pour faire fortune, mais seulement poussé par la nécessité de percevoir un salaire régulier. De ce point de vue, mes espérances n'avaient pas été déçues. Toutes les fins de mois, mon compte était régulièrement approvisionné. Je travaillais au guichet. J'en changeais tout le temps, je voyais du monde. J'étais tranquille. Jusqu'au jour où mon chef de service m'a convoqué et m'a dit : "Désolé que ça tombe sur vous, Bob, mais c'est comme ça. Dégraissage, compression d'effectif. Vous êtes viré." J'étais tellement abasourdi que je suis parti en leur laissant toutes mes économies. Je n'ai même pas eu la présence d'esprit de leur annoncer que je n'étais plus client chez eux. Le lendemain de mon licenciement, j'ai pris une décision qui devait bouleverser ma vie : je décidai de me laisser pousser la moustache. »

J'ai enfilé ensuite une dizaine de feuillets. A un moment, je me suis arrêté brutalement, comme un comique devant une salle inerte qui s'aperçoit soudain qu'il n'est pas drôle. J'ai tout balancé à la poubelle. Je n'avais pas à m'affoler. J'avais du temps. Six mois, six longs mois devant moi.

Vers trois heures du matin, j'ai repris le chemin du stade. Le coach m'a donné une tape sur l'épaule et m'a dit : « On compte sur vous, Ackerman. Faut me plier ces putains de rosbifs. » Le terrain était gras, la balle mouillée. Dès le coup d'envoi, j'ai senti que j'avais de la poudre dans mes jambes, j'ai senti que j'allais survoler le match.

Vingt-cinq

Il était plus de midi quand j'ai ouvert l'œil. Le jour était trouble comme du blanc d'œuf. La maison était vide. J'ai allumé la radio en préparant mon café. Un type annonçait les nouvelles comme des faire-part et la météo n'était vraiment pas fameuse. Je suis allé à la salle de bains, je me suis regardé dans la glace et j'ai vu le visage d'un homme que je ne connaissais pas. Il était temps de changer d'existence. Je ne pouvais plus continuer à vivre comme ça, à l'extérieur du monde, à l'écart des autres, à l'inverse de ma propre famille. Il fallait que je retrouve le sens de la lumière, comme les plantes, que je m'astreigne à une discipline, des horaires stricts. Je devais travailler le jour et dormir la nuit. Ce n'était pas compliqué, un rythme normal, ce n'était qu'une question de rythme. Ensuite, je m'obligerais à rédiger un nombre minimum de feuillets. Quatre, pour huit heures de boulot divisées en deux tranches. Huit heures-midi, quatorze heures-dix-huit heures. Sauf le week-end. Le week-end commencerait le samedi matin et pas avant.

Ça allait changer. Je me reprenais en main. Je le sentais. Il était encore temps. Anna n'allait pas me reconnaître. J'allais écrire avec régularité, les livres se succéderaient, je n'avais pas à m'en faire, tout n'était qu'une question de discipline et de volonté. Je me suis douché et j'ai décidé de modifier ma coiffure. J'ai ramené tous mes cheveux en arrière. Je n'étais plus le même. Ce n'était qu'un commencement. Je suis allé à mon bureau, j'ai mis de l'ordre, classé les vieux papiers et vidé la poubelle. Je partais sur des bases nouvelles. Je n'étais plus un minable. Il allait falloir compter avec moi. Je sentais une sève nouvelle couler dans mon corps. Je retrouvais l'enthousiasme que j'éprouvais, enfant, au début de chaque nouvelle année scolaire. Je prenais des résolutions et tous les compteurs étaient remis à zéro. C'était ça qu'il me fallait, et pas autre chose. Je ne supportais pas les handicaps, ils m'accablaient tout de suite, j'étais fait pour courir en tête. Au fond, j'étais un homme d'ordre et de rigueur.

Je suis allé boire un verre de lait. Des oiseaux jouaient au bord de la piscine. Quand Anna est rentrée, je l'ai immédiatement conduite chez moi. J'ai dit : « Tu ne remarques rien ? »

— Non.

— Tu ne vois pas que j'ai rangé, classé, trié, vidé, nettoyé ?

— Ah si, tu as rangé, oui.

— Mieux que ça, j'ai changé.

— Tu as changé quoi ?

— Tout, ma coiffure, moi, mon style de vie, ma façon de voir les choses, mes horaires de travail, tout.

Anna a souri et a quitté la pièce. C'était normal, je ne lui en voulais pas. J'avais annoncé ça à tellement de reprises que je comprenais parfaitement qu'elle doute de moi. Mais cette fois, c'était pourtant différent. J'avais compris. Il n'y avait qu'à voir l'état de mon bureau.

J'ai mis la table, bavardé avec les enfants et regardé un peu la télévision. La journée passait comme une balle de fusil. Je ne le disais pas, mais j'avais hâte d'être au lendemain. Ma nouvelle vie commençait. J'attendais ce moment avec impatience. Vers onze heures, je suis allé embrasser Anna en lui disant : « Bonsoir. » Elle a souri une nouvelle fois. C'était normal. Quand je me suis retrouvé dans le lit, tout seul, j'ai eu l'impression bizarre de coucher à l'hôtel. Le sommeil allait venir, il suffisait d'attendre. Vers minuit, j'ai dit à l'entraîneur que c'était fini, que je raccrochais dé-fi-ni-ti-ve-ment, que ce n'était plus la peine de venir me chercher, que j'avais décidé de me reconvertir. A une heure, Anna s'est couchée. Elle a allumé la lumière, ça m'a énervé. J'ai pensé qu'il me faudrait un peu de temps avant de reprendre le rythme. C'était une question de décalage horaire, un point c'est tout. Vers deux heures, je suis allé boire un verre de lait. J'ai fumé une cigarette au bord de la piscine, en pensant : « Dans six heures, au boulot », et je suis revenu me coucher. A deux heures trente, je ne supportais plus cette attente. Ça commençait à bien faire, il ne fallait pas non plus se moquer du monde. Je voulais bien faire des efforts, mais quand même. A trois heures et demie, j'entrais sur le stade en délire et je donnais le coup d'envoi. Les British n'en revenaient pas. Ils avaient lu partout que j'arrêtais la compétition.

C'est le bruit de la pluie qui m'a réveillé. J'ai vu le radioréveil, il était douze heures quarante-huit. J'ai pensé aussitôt : « Quatre fois douze, quarante-huit » et je me suis accordé un répit. Je n'aimais rien tant qu'observer une averse depuis mon lit. En tombant sur le sol, les gouttes explosaient comme des petites mines. A chaque fois, les fourmis devaient croire que c'était la fin du monde. Vers 13 heures, je suis allé préparer mon café. Je l'ai bu en regardant les nuages. C'était une journée à aller sur la plage. Une heure plus tard, la Triumph filait sur la route de la côte. Ses essuie-glaces se balançaient comme des palmes. Quand je roulais dans les flaques, le bruit de l'eau contre la tôle claquait comme un coup de fouet.

Je me suis garé à la perfection, au ras du sable, et j'ai marché. J'étais seul. L'océan ressemblait à une plaque de métal gris qui ondulait. Les vagues avaient un ventre noir. J'ai pensé : « Si tu étais un type courageux, c'est là, maintenant que tu ferais tes quinze cents mètres. » J'ai souri de mon audace et j'ai continué ma promenade. La tempête déchirait l'air comme du papier. La pluie était si dense que l'on voyait à peine à cinquante mètres. J'adorais ce climat, cette espèce de révolte des éléments, cette rébellion. D'abord j'ai entendu des cris, ce n'est qu'ensuite que j'ai deviné une forme.

A quelques dizaines de mètres devant moi, un type hurlait face à l'océan. Il criait des choses que je n'entendais pas et que la mer avalait aussitôt.

je me lève

Je me suis approché de lui et je l'ai reconnu. C'était le gars de l'autre jour, l'homme qui jouait avec son chien. Il m'a vu et s'est aussitôt remis à crier. Il appelait son animal. Il était dans l'eau, à une centaine de mètres de là. Il nageait pour rejoindre le bord, mais le courant était trop fort. On distinguait à peine sa petite tête monter et descendre sur le dos des vagues. On aurait dit un morceau de bois. L'homme l'appelait, l'encourageait avec cette force qu'un entraîneur peut déployer pour renvoyer sur le ring son boxeur sonné. J'avais les mains dans les poches et je regardais tout ça. A un moment, la tête du chien a disparu. Le type a laissé sa bouche ouverte, mais plus rien n'en est sorti. Et puis, au bout d'un temps interminable, entre deux lames, le clébard a réapparu.

Et là, peut-être parce que je le voyais ressusciter devant moi, parce que cet animal réussissait là où j'avais toujours échoué, il est devenu pour moi la chose la plus importante du monde. Je me suis déshabillé à moitié et je me suis jeté à l'eau comme on se lance dans le vide. Les rouleaux étaient énormes et me renvoyaient sur le sable comme une balle de ping-pong. Je me relevais et je leur fonçais à nouveau dans le lard. Des tonnes d'eau s'abattaient sur mon dos, rentraient dans mes oreilles, m'attaquaient par le nez. J'avais un mal fou à respirer. Quand je voyais qu'une montagne était sur le point de me tomber dessus, je plongeais pour amortir le choc. Au bout d'un moment, je me suis retrouvé dans un univers un peu plus calme, celui de la houle. J'ai regardé la plage, elle me semblait à l'autre bout du monde. De temps à autre, j'apercevais la tête du chien. Quand je l'ai rejoint, il faisait peine à voir. Il nageait comme un cycliste. Ses petites pattes pédalaient dans l'eau noire, mais il n'avançait pas. Il sprintait dans du coton. Il avait l'air épuisé et sifflait comme une cocotte minute quand il respirait. Il ne me restait plus qu'à regagner le bord en poussant l'animal devant moi. Quand cet imbécile a senti ma main empoigner son dos, il a eu peur et a essayé de me mordre. J'ai vu ses sales crocs pointés vers moi. Il avait une sacrée mâchoire. Je n'étais pas rassuré. On n'avançait plus. A ce rythme-là, on n'était pas près de se retrouver au sec. Je commençais à fatiguer. J'étais habitué à naviguer dans des eaux plus calmes. J'ai remis ma main sur son dos et il a essayé de me choper à nouveau. Alors là, j'ai explosé. Je me suis mis à hurler plus fort que la tempête : « Espèce de con, tu recommences et je te coule. Je suis là pour toi, pour toi, tu m'entends ? Alors ferme-la, bon Dieu, et pédale ! » A ma façon de parler, le chien a dû comprendre que j'étais un homme, que je n'avais pas de mauvaises intentions et qu'il avait tout intérêt à collaborer avec moi. Et c'est alors devenu formidable, lui et moi. Lui qui sprintait comme un dératé et moi qui essayais de m'en sortir comme je le pouvais, on s'est attaqués au courant. Petit à petit, on l'a grignoté, on lui a bouffé le ventre, on l'a usé comme au bras de fer. Par instants, je sentais que c'était la bête qui me tirait, à d'autres c'était moi qui, d'un geste, la propulsais deux mètres en avant. Dans cet océan, lui si petit

je me lève

et moi guère plus grand, on faisait une satanée équipe. Peu à peu, on a vu la plage se rapprocher, on a même entendu les cris du type. Ça nous a regonflés. Je gueulais pour encourager mon copilote. On avalait de l'eau, mais on se vidait les tripes. Le plus dangereux nous attendait. C'était les rouleaux de bord. A cet endroit, ils étaient monstrueux. Vous croyiez avoir pied et soudain un ascenseur d'eau vous soulevait, vous écrasait, vous ravalait et vous recrachait cinquante mètres plus loin vers le large. Dès que j'ai senti quelque chose de dur sous les pieds, j'ai coincé le chien sous mon bras comme un ballon de rugby et j'y suis allé de toutes mes forces. La vague m'a soulevé comme un bouchon, je suis parti sous l'eau, j'ai eu l'impression de traverser la mer, et quand je suis remonté à la surface, je me suis rendu compte que le courant nous avait ramenés en arrière. Le chien savait ce que ça voulait dire. Il s'est aussitôt remis à pédaler et pour nous la course a continué. J'étais épuisé, au bord du renoncement. Le clébard a dû le sentir. Il s'est retourné vers moi et s'est mis à aboyer. Il avalait de l'eau mais aboyait quand même. Il me passait un savon. Il avait ressuscité, c'était mon tour. La mort pouvait aller se faire voir. J'ai balancé mes bras devant moi, c'était reparti. Quand j'ai senti un morceau de sable sous mes pieds, j'ai repris le chien sous mon bras. La vague m'a une nouvelle fois saisi, mais j'ai réussi à me dégager. J'y suis allé en criant de toutes mes forces. Le rouleau a grondé. J'ai senti dans mon dos le souffle de sa bouche et le bruit de sa langue. Je tenais mon copain. Je ne l'ai lâché que lorsqu'on a eu de l'eau jusqu'aux chevilles. Il s'est traîné hors de l'océan comme un ver de vase et s'est ébroué péniblement au pied de son maître. Le type m'a empoigné dans ses bras et j'ai senti ses lèvres parcourir mon cou. Il allait vers l'animal, son animal, puis revenait à moi. Il nous embrassait tous les deux, sa joie était aussi bruyante que le bruit des vagues. Je tenais à peine debout. Je me suis retourné pour voir d'où je revenais. Ça ressemblait à l'idée que l'on peut se faire de l'estomac de la mort. J'avais accompli quelque chose d'incroyable, mais j'avais le sentiment de n'y être pour rien. Le type a absolument voulu savoir mon nom, mais j'étais trop fatigué pour lui répondre. J'ai ramassé mes affaires et, comme j'ai pu, je me suis glissé sous les jupes de la pluie. J'avais réussi ce dont je ne me serais jamais cru capable : ressusciter.

Quand je suis arrivé à la maison, Anna a cru que j'avais eu un accident.

— C'est rien, j'ai dit, j'ai juste sauvé un chien.

Elle m'a demandé si je parlais sérieusement. Je me suis vu dans la glace. Je n'avais pas la tête d'un type qui plaisantait. J'ai pris une douche brûlante et avalé un litre de café. A table, j'ai raconté mon aventure en détail. Mes enfants buvaient chacune de mes paroles. Surtout Jonathan qui me considérait comme le plus grand aventurier de tous les temps. Au moment le plus palpitant de mon récit, Anna m'a coupé la parole pour demander si quelqu'un prendrait des fruits. Les enfants étaient trop captivés pour répondre quoi que ce soit. Alors je me suis retourné vers ma femme et avec mon plus beau sourire, d'une voix douceureuse, j'ai dit : « Non, merci. »

Vingt-six

Le lendemain, il faisait soleil. A cette époque de l'année, le temps était comme moi, changeant. J'ai pris mon café dans ma pièce. Mon bureau était aussi lisse et dégagé qu'une table d'opération. Je me suis rassuré en pensant que dans deux ou trois jours il aurait repris son aspect habituel. Le temps est le meilleur allié du désordre.

Je m'étais trompé une fois de plus. Il m'était impossible de modifier ma manière de vivre. Chaque fois que j'essayais de recoller au peloton, il m'arrivait quelque chose. Ou je crevais, ou la chaîne sautait, ou le dérailleur se coinçait ou, tout simplement, la course s'accélérait en tête. Il fallait que j'admette cela : je faisais irrémédiablement partie de ce que l'on appelle les lâchés. Quand je voyais la voiture balai se rapprocher, j'en mettais un bon coup. Mais dès que j'apercevais la queue de la course, je me relâchais. On trouvait de tout parmi les lâchés : des sprinters sonnés, des anciens rois, de vieilles reines, des princes du goulot, des filles aux chevilles épaisses, des gens qui étaient partis trop vite et qui avaient craqué, d'autres qui n'avaient pas le niveau et enfin ceux qui apprenaient l'ambition. Chez les lâchés, oui, il y avait vraiment de tout. En plus, on ne pouvait pas se regrouper, s'entraider, se remonter le moral, on était trop différents, trop disparates, trop égoïstes. Ce qui nous rassemblait, c'était nos incapacités. Pattes de crabe et bras cassés, voilà ce qu'on était. Quand on en voyait monter un dans la voiture balai, on n'était même pas malheureux, on savait que c'était la règle, on savait qu'un jour ou l'autre on y monterait tous. J'ai écouté l'adagio de Barber. Il m'a crevé le cœur. Quand la musique s'est arrêtée, il n'est plus demeuré que le silence.

Je ne supportais plus mon bureau. C'était la plus sale pièce de la maison. Elle était triste. Le soleil n'y entrait que le matin. Autant dire que je ne le voyais jamais. A main levée, j'ai dessiné le plan de la maison. J'avais fait ça des centaines de fois, je connaissais toutes les pièces et leurs dimensions par cœur. Sur le papier, avec ses deux salons, ses deux bureaux, ses deux salles de bains, ses quatre chambres, la baraque avait fière allure. Elle avait une drôle de tête, mais c'est ce que Paul Ackerman avait quand même réussi de mieux dans son existence. J'avais bâti un toit pour ma famille, et aussi des murs, j'avais fixé des tuyaux, j'avais brasé, soudé, cloué, j'avais monté des cheminées qui ne fumaient pas, tiré des fils électriques, coulé des chapes, j'avais posé des carrelages, du plancher, des briques, j'avais transpiré, je m'étais vidé, mais j'y étais arrivé, tout seul, jusqu'au bout, jusqu'à la piscine qui me donnait

je me lève

mes plus grandes joies. Si j'avais eu du fric, j'ai pensé, j'aurais sans doute fait comme tout le monde, j'aurais acheté une maison préfabriquée.

Je savais tout de l'endroit où je vivais, ses vices les plus cachés, ses points faibles et ses points forts. J'étais capable d'intervenir dans la minute, de poser un diagnostic précis et de remédier au problème. J'étais sans doute au monde le type qui connaissait le mieux l'anatomie complète de sa maison. Je n'avais qu'un problème, mon bureau. C'était d'ailleurs peut-être de là que provenaient tous mes ennuis. Je fuyais cet endroit comme on s'éloigne d'un cimetière. Cette pièce était sinistre avec son unique fenêtre qui donnait sur le tronc d'un grand acacia. J'avais tout essayé, j'avais repeint les murs, monté une bibliothèque, accroché des cadres avec des photos, mis des bibelots, des accessoires de sport et une télé portative. Il n'y avait rien à faire. Et c'était certain, tout, tout venait de là. Je regardais les trois clubs de golf qui étaient posés à côté des raquettes de tennis. Je me souvenais du jour où Anna me les avait offerts. C'était pour mon anniversaire. Dans le paquet, il y avait un driver à tête de bois qui respirait la noblesse et inspirait le respect, un fer à l'air méchant et têtu qui ne se laissait pas impressionner par le sable ou les ronces et enfin un putter avec une drôle de dégaine, un côté snob, brillant comme une chaussure de ville. Avec ça, j'avais aussi reçu un trou artificiel de marque Ocobo pour m'entraîner dans le salon, des balles allégées, des balles pleines, et une autre à élastique pour m'exercer dans le jardin. J'oubliais le gant, un gant formidable pour la main gauche, un gant sans quoi je n'étais rien, un gant aussi indispensable que mes lunettes spéciales anti-buée. Le lendemain, j'étais allé acheter un précis de golf. Le type qui avait écrit ça s'appelait Nicklaus, Jack Nicklaus. Il avait une tête sympathique.

A partir de ce jour-là, je me suis mis au boulot. D'abord, j'ai travaillé la prise de mon club, le petit doigt de la main droite coincé entre l'index et le majeur de la gauche. C'était ridicule. Je voulais bien apprendre, mais il ne fallait pas à ce point se moquer des gens. J'ai refermé le bouquin, je l'ai balancé dans un coin, et j'ai commencé à putter dans le salon. J'étais un as. Quelle que soit la distance, je rentrais les balles.

Le lendemain, je décidai qu'il me fallait désormais m'exercer dans de grands espaces. Je ne voulais pas aller dans un golf, je n'étais pas encore prêt, j'avais besoin de quelques petits réglages supplémentaires. Pendant une semaine, j'ai joué à un rythme de professionnel. Six heures par jour, seul au milieu d'un champ, j'ai arrosé sur cent quatre-vingts degrés. J'ai perdu des dizaines de balles, relu ce que Nicklaus disait à propos du hook, du draw, du stance et du square, corrigé mes positions, décortiqué mes gestes. Et puis, un soir, découragé par ma stagnation, je suis rentré chez moi, j'ai posé mes clubs dans un coin et ils y sont restés.

Malgré mon abattement, je me considérais quand même comme le roi incontesté du put. Il m'a fallu quelques jours de plus pour comprendre qu'on avait inventé un autre jeu pour les types de

je me lève

mon espèce. C'était le golf miniature. Rien que d'y penser, j'avais honte.

Aujourd'hui, je revoyais les trois barres d'acier, posées dans un coin. Plus j'y réfléchissais, moins je comprenais ce que les gens pouvaient trouver au golf. C'était vraiment un sport de veuf et de philatéliste. Je préférais de loin mon billard et mes parties de rugby. Quant à Nicklaus et ses copains, je les prenais quand ils voulaient, une de ces nuits. J'aurais donné un gros paquet pour voir ce qu'ils valaient en mêlée.

Tout ça, c'était bien joli, mais il me restait à résoudre le problème essentiel, celui de mon bureau. Désormais, tout était clair : c'était lui qui faisait boiter ma vie, qui m'handicapait, qui m'empêchait d'écrire, qui m'éloignait de mon travail. C'était son manque de chaleur qui me glaçait. D'ailleurs c'était bien simple : depuis que je m'étais installé là, je n'avais plus rien publié de valable. Cette pièce était mauvaise. C'était pourtant moi qui l'avais bâtie. J'avais raté mon coup. J'ai repris mon plan et analysé toutes les possibilités. J'ai envisagé des permutations, des expulsions, des squatts, rien ne tenait le coup. Je ne voulais pas déloger Anna ou les enfants, c'était mon problème, c'était à moi de le résoudre. La solution me tendait les bras : il fallait construire une pièce de plus. J'ai réfléchi aux emplacements éventuels en fonction de l'orientation, des pentes de toit et de divers autres paramètres. J'ai opté pour une structure largement vitrée donnant sur la piscine et exposée plein sud. C'était indiscutable. Il ne restait plus qu'à faire avaler le projet à Anna et aux gosses.

Pendant le repas, je n'ai pas décroché les mâchoires et j'ai fait la tête. J'attendais que quelqu'un me demande ce que j'avais. Comme au dessert personne ne s'était toujours intéressé à moi, j'ai dit entre mes dents : « Ça ne peut plus durer. »

— Qu'est-ce que tu dis ? a fait Anna.
— Je dis que ça ne peut plus durer.
— Qu'est-ce qui ne peut plus durer ?
— Ma vie, comme ça, mon travail qui n'avance pas. J'ai trouvé d'où ça venait, j'ai trouvé ce qui n'allait pas.
— C'est quoi ?
— C'est mon bureau.
— Qu'est-ce qu'il a ton bureau ?
— Il m'étouffe, il me glace, il est noir comme la mort, il m'empêche d'écrire.
— Installe-toi chez moi, a conclu Anna en prenant un fruit.

Elle avait vu venir le coup. C'était fini. Avant même d'avoir présenté mon plan, le chantier s'effondrait. Par acquit de conscience, j'ai tenté une autre approche : « Il est hors de question que je m'installe chez toi. Par contre, j'ai pensé à quelque chose, je vais chercher les plans. » Je n'aurais jamais dû prononcer ce mot. Pour ma famille, il était annonciateur de désordres, de cris, de tensions, de fatigues, de planches, de ciment et de clous.

Quand je suis revenu à la salle à manger, tout le monde avait disparu. Anna, Sarah, Jacob et Jonathan s'étaient envolés comme des moineaux. Il ne restait que leur assiette vide. Je venais de

je me lève

perdre la partie sur un score sans appel. Il n'y avait même pas eu de match. Je rangeai mes pelles et mes plans et m'enfermai dans mon bureau. Le soir, il n'était pas si désagréable que ça. C'était même l'endroit le plus calme de la maison. Une place rêvée pour travailler. J'ai écouté l'adagio de Barber. Ça m'a nettoyé la tête. Mon bureau avait une acoustique formidable. J'avais eu tort de me monter contre lui. Il me préservait de bien des choses, il était petit, mais je n'étais pas très grand. Je suis allé retrouver Anna au salon tandis que les enfants jouaient au billard.

— On va se balader ? j'ai dit en souriant.
— Non.

Vingt-sept

J'ai mal dormi, mal rêvé et je me suis mal réveillé. Dehors il faisait presque frais et le ciel était noir. J'ai préparé mon café et, en passant devant la grande cheminée du salon, j'ai eu l'idée de faire une flambée. Anna est rentrée vers treize heures. Quand elle m'a demandé si j'avais froid, j'ai répondu que non.
— Alors pourquoi tu allumes du feu ?
— Pour réchauffer l'ambiance.

J'avais dit ça parce que ça me passait par la tête. Anna l'a mal pris et a quitté le salon avec son beau visage fermé comme un guichet de banque. Je me suis assis tout près du feu. Le feu me faisait le même effet que l'océan. Je pouvais rester des heures planté devant. A ces moments-là, immobile, j'avais le sentiment que seuls mes yeux étaient encore vivants. Ils étaient ouverts sur les images et se contentaient de les restituer dans ma tête. Le reste de mon corps semblait déconnecté, absent. Je regardais les vagues et les flammes comme un mort doit regarder la vie. Avec cette insistance mais aussi cette infinie distance.

Vers quinze heures, le frère d'Anna est passé nous voir. Il avait l'air en forme. Ses pommettes saillaient sur ses joues comme des poignées de porte. Il avait une tête d'acteur suédois, une tête à jouer dans des films compliqués avec des sentiments à l'ombre des armoires, avec des maisons de bois clair, avec des rampes d'escalier conduisant à des chambres artificielles où l'on dort debout en attendant que la nuit cesse.

Ce qui lui convenait, c'était des femmes scandinaves aux peaux de beurre, des températures qui vous laissent la peau sèche et froide. Je l'imaginais à côté d'une Saab, les pieds dans l'eau d'un lac, la tête vers les arbres et les mains dans les poches. Comme toujours en entrant, il m'a fait la bise. Il portait encore sur lui l'odeur de l'hôpital.

— Tu sens la mort, j'ai fait en rigolant.

Il a pris sa tête entre ses mains. Tout de suite, j'ai compris que j'avais dit une bêtise. Dans cette posture, avec ces yeux-là, il ressemblait à Gunnar Bjonstrand. Il a dit :

— Si tu savais ce qui m'est arrivé...

Je n'ai pas osé parler.

— Ce matin, on m'a amené un type en urgence, je te jure, il était mort. Tout était plat. Je ne sais pas ce qui m'a pris. Je lui ai balancé des doses, je l'ai massé, on l'a mis sous respirateur. Pendant trois heures, sans savoir pourquoi, j'ai lutté comme jamais je ne l'avais fait de ma vie. Les autres se demandaient ce qui m'arrivait, ils ne comprenaient pas que je m'acharne sur ce qu'ils croyaient être un cadavre. A midi, le type était reparti. Tu ne me croiras pas. Même ceux qui l'ont vu n'en revenaient pas.

— T'as ressuscité un homme ?

— Je l'ai pas ressuscité... Quand il est arrivé, il était mort. A midi, il vivait. Entre-temps, j'ai balancé des doses et des doses. Je ne sais pas ce que j'ai fait. La seule chose dont je suis sûr, c'est que le type vit.

— C'est formidable.

— Je ne sais pas. Je ne sais pas ce qui s'est passé.

J'ai pensé à la Karmann et j'ai pensé à mon père. Pour eux, il était trop tard.

Martin pouvait réveiller les morts. Il leur remettait de l'air dans les poumons et de la vie dans le sang. C'était plus qu'un faiseur de miracles. Il avait sauvé un homme comme moi le chien. A force de volonté. C'était dans le fond très simple.

J'ai encore observé mon beau-frère suédois et je lui ai donné un verre de lait glacé. Le lait lui allait bien. La cheminée crépitait comme un feu d'artifice. On se serait cru un soir de Noël sur les bords du lac Dalbo. Je lui ai raconté la façon dont j'avais sauvé le chien dans la tempête, il trouvait ça fantastique, il n'en revenait pas. Je lui montrais la hauteur des vagues, j'imitais les bruits de l'océan, les cris du bonhomme sur la plage, je nageais, plongeais, revenais à la surface, c'était encore bien plus terrifiant que dans la réalité. A côté de mon récit, *Moby Dick* était une bluette. Martin a repris un verre de lait et puis on est restés là, assis, à parler de choses sans importance, de jours d'il y a bien longtemps. On faisait une belle paire. On avait rempli nos contrats. Lui avait sauvé un mort et moi un chien.

Martin n'avait pas envie de revoir l'hôpital tout de suite. Je l'ai amené dans la Triumph faire un tour sur la route de la côte. Je lui ai montré l'endroit exact où je m'étais mis à l'eau et ensuite on a fait une pointe sur la ligne droite. Il n'y avait personne. J'ai mis la gomme et la voiture a bondi comme un ressort. Martin n'y prêtait pas attention, il regardait l'océan. Sur le chemin du retour, je lui ai raconté que, l'autre soir, je m'étais fait coffrer pour excès de vitesse.

— J'ai passé la nuit dans une cellule avec un ivrogne qui se vomissait dessus, une pute qui refusait de faire des pipes et un tordu qui réclamait des oranges.

Le Suédois a souri et a allumé une cigarette. Il fumait en fermant un œil. Je trouvais ça marrant. En arrivant à la maison, j'ai dit à Anna : « Martin est étonnant. Il a ressuscité un mort. Tu m'écoutes ? » Elle n'a rien répondu et s'est enfermée chez elle. Je l'ai entendue décrocher son téléphone. J'avais envie de parler, j'étais seul. Il ne restait que des cendres dans la cheminée. Si je n'étais pas là, rien ne marchait dans cette maison.

Vingt-huit

Après le dîner, j'ai pris la voiture et j'ai filé au Behring. J'ai passé un moment avec David. Je lui ai raconté l'histoire du chien et du ressuscité. Il a dit : « Je suis fatigué de travailler la nuit. » Puis on a bu du lait en parlant de choses que l'on ne ferait jamais. Des gens sont arrivés, ils avaient faim, je suis parti.

J'ai traîné un moment en ville avant d'aller rendre visite à Michael. Il vivait dans un appartement d'un quartier chic. C'était un endroit agréable avec des arbres et des chats. En entrant, j'ai dit : « Fais-moi le phoque. » Michael m'a fait signe qu'il n'était pas seul. Ce n'était pas une raison pour me refuser son imitation. Il m'a présenté la fille. Elle avait l'air gentille. Lui, comme toujours dans ces moments-là, avait des yeux de merlan et des pattes de crabe. L'idée de lui faire un zip-zap m'est passée par la tête. J'ai dit, l'air grave : « Voilà, je suis très embêté. J'ai appris un truc important sur toi, mais j'ai promis de ne pas te le répéter. Du coup, ça me rend malade. » Je savais que ce genre de phrase le faisait démarrer

au quart de tour. Il ne supportait pas le moindre mystère, le plus petit sous-entendu.
— Qu'est-ce que tu veux dire ?
— Je ne peux rien dire. C'est ça qui m'embête.
— Pourquoi tu ne peux rien dire ?
— J'ai promis.
— A qui ?
— Je ne peux pas te le dire.
Je le tenais. Il était ferré comme le poisson de l'autre jour. Je pouvais tout me permettre, improviser, jouer, inventer, délirer, il avait la gueule plantée dans l'hameçon. Il ne me restait plus qu'à le ramener tranquillement. Et quand il serait à ma merci, bien sûr, je le remettrais à l'eau. Une grosse auréole sur sa moquette m'a donné l'idée de la suite. J'ai fait : « Quand tu t'es installé, cette tache, elle y était sur le sol ? »
— Oui, pourquoi ?
— Ça devrait te donner une idée.
— Une idée de quoi ?
— Je peux pas te le dire, Michael, et crois-moi, je suis plus embêté que toi.
— Dis-moi juste un truc, ne me dis pas tout, donne-moi juste une idée, une piste.
Il était foutu.
— La seule chose que je puisse te dire, c'est que... voilà, ton appartement n'est pas étanche. Ne m'en demande pas davantage.
— Pas étanche ? Pas étanche à quoi ?
— Pas étanche.
— Tu veux dire que de l'extérieur on voit dedans ?
— Je peux rien dire.

Il était mal. Je le sentais vraiment mal. La fille se tortillait sur son fauteuil. Elle n'était pas très à l'aise non plus. Je voyais ses yeux chercher d'invisibles indices. La soirée s'annonçait formidable.

— Pourquoi tu as commencé à parler de cette histoire si c'est pour ne rien me dire ?
— J'ai eu tort. Je m'en veux.
— Dis-moi qui t'en a parlé. Seulement ça.
— L'ancienne locataire. Elle m'a fait jurer de ne rien te dire. Ça a un rapport avec la tache. C'est pour ça qu'elle a quitté l'appartement.
— Qu'est-ce qu'elle a, cette tache ?

J'ai pris un air compatissant et j'ai essayé de parler d'autre chose. C'était très fort. La fille, maintenant, était morte d'angoisse. Michael, lui, essayait de tisser des liens cohérents entre l'ancienne propriétaire, le manque d'étanchéité des lieux et la tache. Je pouvais tout me permettre.

— Quand tu es arrivé ici, la première fois, cette tache ne t'a pas intrigué ?
— Non.
— Bon.
— Attends, c'est quoi, cette tache ? Tu le sais et c'est justement ça que tu ne peux pas me dire ? C'est ça ?
— C'est ça.
— C'est du sang ? Quelqu'un s'est fait buter là, hein, c'est ça, ou un truc comme ça, hein ?

Si je lui avais dit oui, je crois qu'il aurait été soulagé. J'étais sûr qu'il aurait signé pour un semblable scénario. J'ai fait :

je me lève

— Ne m'en demande pas davantage.

La fille était sur le point de ramasser ses affaires et de partir. Alors j'ai changé de ton :

— Bon Dieu, Michael, la tache, pas étanche, tu le fais exprès ou quoi ?

Il me regardait comme un nombre premier qui s'afficherait tout d'un coup avec une virgule.

— Écoute, je te le dis parce que tu es mon copain, et que c'est vraiment dégueulasse. Voilà. Un soir, la fille qui habitait ici avant toi a vu du sang se répandre sur la moquette. Elle a perdu la tête et a appelé la police. Des types sont venus, ils ont fouillé partout, fait des prélèvements mais n'ont rien trouvé. Le lendemain, même musique, la moquette s'est remise à saigner spontanément. Ça a duré une semaine. Pendant huit jours, les flics sont restés sur place et ont constaté le phénomène. Les analyses ont révélé que c'était du sang de cheval. Tu imagines le truc ? La fille a fait ses bagages et a déménagé. Voilà.

Il y a eu un silence de cathédrale. Michael et la fille avaient les yeux fixés sur la tache. Ils s'attendaient à la voir rougir d'un instant à l'autre.

— C'est des conneries ? a fait Michael.

— Bien sûr, j'ai répondu sur le ton gêné de l'ami qui, finalement, regrette d'en avoir trop dit.

J'ai bu un verre de lait en parlant d'autre chose et je me suis levé pour prendre congé. La fille avait son regard collé sur le revêtement de sol. En sortant, j'ai ostensiblement évité l'auréole. Sur le pas de la porte, Michael m'a demandé :

— C'était une blague ?
— Fais-moi le phoque.

— Tu fais chier. Réponds !
— Quand tu m'auras fait le phoque.
Il m'a fait une imitation extraordinaire, la plus parfaite, la plus réaliste qu'il m'ait jamais offerte. J'étais vraiment heureux.
— Alors c'était vrai ou pas ?
Je me suis affectueusement rapproché de Michael, je l'ai pris par l'épaule et j'ai dit : « Franchement, je ne peux pas te le dire. »

Vingt-neuf

En rentrant à la maison, je riais tout seul dans la voiture. Ce genre de plaisanterie ne pouvait marcher qu'avec mon copain. Il était l'un des trois ou quatre types les plus malins du monde, mais on pouvait également lui faire avaler qu'une moquette pisse le sang à heure fixe. C'était merveilleux. La lune dansait maintenant sur le capot. Selon les virages, elle glissait d'une aile vers l'autre comme une boule de flipper. Quand je suis arrivé chez moi, il était une heure passée. Anna était encore au téléphone avec Louise. J'ai trouvé qu'elles exagéraient.

Le radioréveil marquait onze heures cinquante-huit quand j'ai ouvert les yeux. Le thermomètre était remonté. L'air était brûlant. Je me suis traîné jusqu'à la machine à café. Ma blague d'hier au soir ne me faisait plus rire. Elle n'avait d'ailleurs jamais été drôle. Je ne méritais pas d'avoir des copains aussi patients avec moi. Ils me passaient trop de choses. Ils auraient dû être plus sévères. J'avais besoin qu'on me serre un peu la vis. Je n'avais pas envie de boire chaud. Alors j'ai

descendu un demi-litre de lait glacé. J'ai eu l'impression que le liquide me rafraîchissait l'intérieur du ventre. J'avais des remords. J'ai décroché le téléphone et appelé Michael. Il n'avait pas l'air en forme. Je me suis excusé pour hier soir.
— C'est rien, c'est pas grave.
— Comment ça s'est passé avec la fille ?
— Elle est partie.
— Partie ?
— Deux minutes après toi.
— A cause de la moquette ?
— Ben oui.

J'étais vraiment un sale type, un inconscient. Il fallait que Michael ait beaucoup de mansuétude pour me supporter. Je lui ai demandé de me pardonner encore une fois. Il m'a dit de ne pas m'en faire.

Je ne valais rien. Rigoureusement rien. J'étais stupide. Cette histoire me tenait à cœur. J'aurais aimé rattraper mon erreur, effacer la tache, laver la moquette au balai à pont et remettre la fille en place sur le fauteuil, les jupes légèrement relevées et les lèvres impatientes. Je comprenais trop tard, une fois encore, qu'on ne peut jamais revenir en arrière. Je me suis habillé et je suis parti rouler dans ma voiture. J'ai pris l'avenue et bifurqué vers la route de la côte. Au feu rouge, j'ai eu une émotion terrible. Devant moi, je découvrais une de mes anciennes voitures. La VW 67 découvrable. C'était elle. Ça ne faisait aucun doute. Elle avait été repeinte, elle était splendide. Revoir une de mes ex était une chose qui chaque fois bouleversait ma vie. Ça m'était déjà arrivé deux fois et

je me lève

il m'avait fallu pas mal de temps pour m'en remettre. Au fond, même si c'était plus douloureux, je préférais être éloigné d'elles par la mort. Avec la Karmann, au moins, les choses étaient nettes. Là, c'était différent. Cette VW, je m'en étais séparé il y a sept ou huit ans. Cela avait bien ressemblé à une séparation, plutôt qu'à un divorce. On s'était lassés l'un de l'autre. Je l'avais quand même toujours un peu regrettée. Et aujourd'hui je la retrouvais, splendide, soignée, sans une ride ni tache de rouille. Je me suis mis à côté d'elle discrètement et sans doute ne m'a-t-elle même pas vu. Elle avait refait sa vie et ça lui avait réussi. Une fille était au volant, une blonde qui paraissait jolie. Je me suis penché vers elle et, malgré le bruit des moteurs, j'ai crié : « C'est mon ancienne voiture ! » Le feu est aussitôt passé au vert, la VW a mis les gaz, je suis resté sur place. J'ai décidé de la suivre. Je voyais son train arrière sautiller sur les inégalités de la route, je voyais sa custode de verre prise dans la toile, je voyais les bourrelets de ses ailes, ses deux tuyères chromées et prétentieuses cracher la fumée d'échappement. La fille s'est garée près de la plage. Je me suis approché d'elle une nouvelle fois : « Pardon de vous ennuyer, mais vous conduisez mon ancienne voiture. Je ne voudrais pas trop vous embêter, mais est-ce que vous me permettriez de jeter un coup d'œil à l'intérieur ? » La blonde a trouvé ça bizarre mais n'a pas osé dire non. J'ai d'abord tourné autour de la voiture comme un chien qui retrouverait un arbre familier. Celui qui l'avait retapée avait fait du bon boulot. La carrosserie était d'un beau gris foncé, ce qui donnait au véhicule un genre inattendu.

— Je peux m'asseoir à l'intérieur ?

La fille a fait oui de la tête.

J'ai tout retrouvé. L'odeur, la place de mes doigts sur le volant, le demi-cercle métallique du klaxon, l'unique compteur rond, le drap des sièges, la garniture blanche de la capote, la fragrance de la doublure de crin. C'était bien la mienne, je m'y sentais de nouveau comme chez moi. La VW devait m'avoir reconnu, la voix, la forme de mon corps sur ses coussins, j'étais sûr qu'elle se souvenait parfaitement de moi. Elle étincelait. Je passais mes doigts sur ses tôles, je la redécouvrais point par point. Le poste de radio était le même et le bouton de la boîte à gants avait toujours du jeu. La fille me regardait en se demandant à qui elle avait à faire. J'ai dit : « Pardonnez-moi de vous avoir dérangée. »

— C'est vraiment votre ancienne voiture ?

— Bien sûr.

— Vous n'aviez pas dans l'idée de m'aborder ?

— Pas du tout, je vous assure. Cette auto a été la mienne pendant dix ans.

La fille était belle. Elle avait de gros seins et le bord de ses yeux était humide comme celui de ses lèvres. Ses dents brillaient comme des phares à iode. Et pourtant, si j'avais eu à choisir entre passer un moment avec elle ou faire un tour dans mon ancienne, j'aurais préféré monter dans ma VW. De blondes carnassières, le monde en était plein. Des voitures qui m'avaient appartenu et qui avaient refait leur vie, il ne devait plus en rester que deux ou trois.

je me lève

— Vous vouliez seulement revoir votre voiture ?

— Seulement la revoir.

A l'évidence, elle n'ignorait rien des hommes qui trompaient leur femme. Mais elle découvrait qu'il existait sur terre des types qui pouvaient rester fidèles à des voitures.

— Si un jour vous la vendez, soyez gentille, pensez à moi d'abord et téléphonez-moi. Je vous la rachèterai.

Elle m'a demandé de lui écrire mon nom et mon numéro de téléphone. Ni elle ni moi n'avions de papier. Je suis retourné à la Triumph et je n'ai trouvé dans un vide-poche que la couverture froissée d'un de mes vieux livres.

— Mon nom est écrit là, j'ai noté mon téléphone derrière. Vous avez une voiture splendide, vraiment splendide. J'ai eu un grand plaisir à la revoir. Vous savez que tout le temps où je l'ai eue, elle ne m'a jamais laissé tomber, pas le moindre problème.

— Vous êtes écrivain ?

— J'écris des livres.

— C'est votre vrai métier ?

— A peu près.

— J'ai connu un type qui était aussi écrivain. Il écrivait des chansons. Enfin, c'est ce qu'il me disait parce que ses chansons, moi, je ne les ai jamais entendues. Vous écrivez aussi des chansons ?

Je ne l'écoutais plus. Je regardais sa voiture. Je lui parlais avec mon cœur, je lui disais ma joie, je lui promettais, un jour, de la reprendre. Ça prendrait peut-être du temps, mais je la reprendrais. Elle s'entendrait à merveille avec la Triumph. Il ne pouvait être question de jalousie entre elles. Elles étaient trop différentes. J'ai encore une fois passé mes doigts sur le galbe lisse et chaud de ses ailes et j'ai dit au revoir à la blonde. Elle avait encore visiblement du mal à croire que c'était la VW que je désirais. Ensuite, j'ai marché sur la plage. Il tombait du feu. Alors je me suis baigné. L'océan était presque calme. De petites vagues roulaient sur le bord pour marquer le tempo. Je nageais beaucoup mieux ici que dans ma piscine. Le sel me portait à bout de bras. Je faisais la planche comme jamais tout en pensant à mon travail. J'aurais peut-être dû écrire des chansons. En tout cas j'aurais fait de bons livres si j'avais eu un bureau qui donne sur l'océan. Là, oui, les feuillets seraient tombés. J'ai regardé toutes les maisons du front de mer. C'était de vieilles et immenses bâtisses qui devaient coûter une fortune. C'était des baraques d'assureur ou de dentiste. En flottant, je me suis demandé si je serais un jour capable de vendre la mienne. J'ai imaginé des couples en train de la visiter et faisant des réflexions sur ceci ou cela, sur les finitions approximatives ou la curieuse répartition des surfaces. Ces gens-là me dégoûtaient, j'avais envie de pleurer à l'idée qu'ils allaient vivre là, entre ces murs qui m'avaient volé ma force et entre lesquels les enfants avaient grandi. J'imaginais les nouveaux acquéreurs devant la piscine, incapables d'en assurer l'entretien, de régler la minuterie de la pompe, de nettoyer les filtres, de doser le chlore. Il fallait toujours avoir un œil sur une maison comme la mienne, il fallait la soigner, s'en occuper comme d'un animal, selon les saisons, il fallait faire un raccord ici, un branchement supplémentaire là, il fallait l'aimer. La gueule des clients potentiels me dégoûtait. Jamais je ne les laisserais s'installer chez nous. Leurs voitures de l'année n'avaient rien à faire dans mon garage.

Je suis sorti de l'eau en colère. Dans le lointain, j'ai aperçu le type de l'autre jour. Incorrigible, il jouait avec son chien. J'ai fait un détour pour l'éviter. Je n'avais pas envie de devenir copain avec un gars qui laisse son chien se noyer. Dans la voiture, j'ai imaginé à nouveau la tête d'un couple qui sonnait à la porte pour visiter. J'étais fou de rage. En arrivant, je me suis précipité sur Anna et je lui ai dit : « Jure-moi que jamais on ne vendra la maison, jure-le-moi. »

— Il n'en a jamais été question, qu'est-ce qui te prend ? On a des ennuis d'argent ?

— On a six mois d'avance, on n'a aucun problème, je veux simplement que tu me jures qu'on ne vendra jamais la maison.

— Pourquoi veux-tu que je te jure une chose pareille ?

— Jure-le-moi.

— Tu es fou.

— Si tu ne le jures pas, c'est que tu as eu dans l'idée de la vendre.

— Mais pas du tout.

— Alors jure.

— Tu me fatigues, je te le jure.

J'ai serré Anna dans mes bras. Elle était incomparable. Ça allait mieux. Ma femme était de mon côté. Les clients pouvaient venir, ils trouveraient à qui parler.

On a tous mangé en vitesse et on est allés au cinéma. Autrefois, j'adorais le cinéma. Maintenant, de moins en moins. Les films étaient nuls, je m'ennuyais. Les scénaristes bâclaient leur affaire. Tout le mal venait de là. Ils gagnaient trop d'argent et ils bâclaient. Quand je me suis assis sur mon siège et que les premières images m'ont foncé dessus, j'ai su que j'allais passer une sale soirée. C'était un spectacle pour agités. La parole était nulle, les corps médiocres, ne subsistaient que les gestes. Je me suis enfoncé entre les accoudoirs et j'ai observé Anna et les enfants. Ils étaient formidables. On était cinq. Cinq, unis comme les doigts de la main.

Quand on est rentrés à la maison, le téléphone sonnait. Il n'était pas loin de minuit. Anna a décroché et, d'un ton désagréable, a dit : « Ne quittez pas, je vous le passe. » C'était la fille de la plage, la blonde de la VW.

— Voilà, j'ai réfléchi, je crois que je vais vendre ma voiture.

— C'est fantastique, j'espère quand même que je ne vous ai pas forcé la main, que vous ne vous êtes pas sentie obligée...

— Non, non, j'avais ça dans l'idée depuis quelque temps, je voulais acheter une auto plus rapide.

— Bien. Alors, vous la vendez combien ?

— Je préférerais qu'on parle de ça demain. Il

je me lève

est tard et je suis déjà désolée de vous avoir dérangé.

— Vous pouvez quand même me donner une petite idée.

— Je ne sais vraiment pas. Le mieux est qu'on en discute ensemble.

J'ai noté son adresse, on a pris rendez-vous et j'ai raccroché. Je me suis frotté les mains. L'affaire était dans le sac.

Je suis allé voir Anna en sautillant et je lui ai raconté toute l'histoire. Elle a dit : « Qu'est-ce qu'on va faire de trois voitures ?

— On gardera la VW pour Jacob quand il aura le permis.

— Tu es cinglé.

Elle avait dit ça en rigolant. Elle n'était pas contre. Le monde entier était merveilleux. J'avais toujours su qu'Anna ne serait jamais contre cet achat. Elle avait toujours bien aimé la VW. La retrouver ne la laissait pas indifférente. Ensemble on a discuté d'une fourchette de prix raisonnable et puis on a mangé un morceau. J'étais heureux. J'avais en tout cas devant moi une nuit formidable. Quand, vers deux heures, l'entraîneur est venu me chercher à la chambre, je ne dormais pas. J'avais même le sourire aux lèvres. Je lui ai dit : « Coach, aujourd'hui je vais péter des flammes. » La rencontre a été cependant plus dure que je ne l'avais pensé. Les British ont serré le jeu, surtout en défense. A un moment, ils m'ont plaqué à trois à la fois, deux centres et un troisième ligne. J'ai senti mon diaphragme exploser et je me suis écroulé. J'étais dans les choux. Je voyais du monde autour de moi et je ne savais même plus si on avait passé la mi-temps. Je suis sorti du terrain entre deux types, le soigneur m'a inondé le visage d'eau et je me souviens lui avoir demandé du lait. Le coach a dit : « Il est vraiment sonné. S'il demande du lait c'est qu'il est vraiment sonné. » Je me suis relevé, et la foule a applaudi à mon courage. J'avais quand même du mal à courir. Mes jambes étaient aussi raides que des branches de sapin. J'ai manqué deux pénalités faciles et une réception. A mi-partie, les Anglais avaient le sourire. Dès le début de la seconde période, je me suis senti mieux. Et sur le premier ballon, j'ai attaqué plein champ. J'ai percé comme dans du beurre. Le premier centre avait fait mine de passer au second puis, au dernier moment, avait croisé avec moi qui arrivai lancé. C'était une combinaison classique mais, à chaque fois, je plantais les British sur place. J'avais retrouvé mes jambes. En bout de course, l'ailier a bien essayé de me reprendre, mais il a raté son placage à la cuillère. Son menton a rebondi dans l'herbe comme une vieille noix. Après avoir aplati, j'ai fait un clin d'œil aux deux centres anglais qui m'avaient ratatiné, je ne leur en voulais pas, mais ils pouvaient se l'accrocher. Ils ont eu beau durcir le jeu, on a gagné de trois petits points. Le cinq de devant a été formidable. Malgré les bourrasques, ils n'ont jamais baissé la tête. Une fois de plus j'avais marqué, une fois encore ils m'avaient mâché la besogne.

Quand on est sortis du stade, le public nous a ovationnés. Moi, je n'avais déjà plus qu'une seule idée en tête : retrouver au plus vite ma VW 67 découvrable.

Trente

Vers midi et demi, j'ai avalé mon café et je me suis habillé comme pour aller chez mon éditeur. Par la même occasion, j'ai pensé à mon travail. Il fallait que je m'y mette. Je me suis promis de m'y atteler sérieusement dès que la VW serait dans le garage. La Triumph a démarré au quart de tour et j'ai foncé à l'adresse indiquée. C'était un petit immeuble rosé dont les balcons donnaient sur le sud. La Volkswagen était garée en bas. En passant près d'elle, j'ai tapoté son capot comme pour lui dire : « Ne t'en fais pas, je m'occupe de tout. » Avant d'entrer, je l'ai observée une nouvelle fois. Elle avait l'air aussi douce qu'une goutte de lait. J'ai murmuré : « Ce soir, tu dors à la maison. » Je suis monté quatre à quatre et la fille m'a ouvert. Elle était seule. Ses lèvres étaient aussi rouges qu'une entaille au sabre. Elle avait mis le paquet. Elle portait une robe moulante assez courte qui faisait ressortir sa cambrure et la magnificence de sa poitrine. Elle a fait quelques pas en tortillant ses cuisses et s'est assise en retroussant légèrement son vêtement. J'étais debout et je la regardais. Son parfum était sucré comme du caramel. Elle a dit : « Installez-vous, monsieur Ackerman » et, du plat de sa main, m'a invité à m'asseoir à côté d'elle sur le canapé. Elle avait dit mon nom de façon inouïe. Personne avant elle n'avait dit mon nom comme ça. Sa langue en avait inondé toutes les lettres. Je n'aurais jamais pensé avoir un nom aussi humide. Elle a dit :

— Je ne me doutais vraiment pas, avant de vous rencontrer, que j'avais la voiture d'un homme célèbre.

J'ai souri de façon assez stupide et j'ai eu la sensation de me désagréger comme une biscotte.

— Je vous offre à boire, monsieur Ackerman ?
— Du lait, un verre de lait, s'il vous plaît.
— Du lait ? Alors ça, c'est drôle. Un écrivain qui boit du lait ! Celui que j'ai connu avant vous, l'écrivain de chansons, vous savez, lui, c'était pas au lait qu'il marchait. Des litres et des litres de gin. C'est pas compliqué, le matin il buvait son café au gin.

Elle s'est dirigée vers la cuisine et j'ai entendu la musique de ses cuisses qui se frottaient l'une contre l'autre. Ensuite j'ai regardé autour de moi. C'était meublé moderne, tarte, mais moderne. Il y avait une petite bibliothèque au milieu de la pièce. J'y ai jeté un coup d'œil. Et là j'ai eu un choc. Rangés côte à côte, il y avait mes huit livres, les huit, les œuvres complètes de Paul Ackerman. C'était incroyable. Même mes meilleurs amis ne les avaient pas, même à moi il en manquait. Quand je me suis retourné, elle était face à moi, un verre de lait à la main. Ses jambes se tortil-

je me lève

laient sur place comme des spaghetti, ses mollets s'étiraient en muscles longs et elle portait aux pieds des chaussures magnifiques à talons.

— Je suis une de vos fidèles admiratrices. J'ai lu tout, absolument tout ce que vous avez fait. Il faudra d'ailleurs me dédicacer vos livres. J'y tiens beaucoup.

Je n'arrivais plus à bouger. Elle s'est assise, ses mollets se sont blottis contre le canapé, sa poitrine a fait bouger le tissu de sa robe et, avec des yeux ouverts comme des portes de stade, elle m'a regardé.

— Vous avez vraiment lu tout ça ? j'ai fait.

— Tous, et même certains deux fois.

Ses lèvres étaient si rouges qu'on aurait dit qu'elles allaient saigner. Elles brillaient comme des feux arrière.

— C'est extraordinaire que la propriétaire de mon ancienne voiture ait lu tous mes livres. C'est vraiment un hasard merveilleux. Vous savez que certains de ces manuscrits ont été apportés chez l'éditeur dans votre Volkswagen ?

— Vous n'allez peut-être pas me croire, mais avant de vous rencontrer, hier, je n'avais jamais eu l'idée de me séparer de ma voiture, contrairement à ce que je vous ai dit au téléphone. Mais quand je vous ai vu si ému de la retrouver après tout ce temps, j'ai pensé : « Il faut la lui rendre, tu ne peux pas la garder, il faut la lui vendre. Elle est encore à lui. »

— Vous êtes merveilleuse, mais je ne veux pas que vous vous sentiez obligée de quoi que ce soit.

— Je suis seulement obligée de vous faire plaisir, a-t-elle ajouté en gloussant, n'oubliez pas que vous êtes mon écrivain préféré.

— Je vous avoue qu'en montant tout à l'heure, j'avais le cœur qui battait de joie. Vous ne pouvez pas savoir le plaisir que vous me faites.

— Vous m'en avez donné tellement avec vos livres...

Elle a décroisé ses jambes, a fait chanter ses cuisses une nouvelle fois et sa poitrine s'est soulevée pour laisser échapper un profond soupir. Ses talons splendides me montraient du doigt.

J'ai fini mon verre de lait et, avec mes lèvres encore blanches, j'ai dit : « Avez-vous réfléchi au prix auquel vous voulez bien me la céder ? » Elle a fait oui de la tête et a aussitôt annoncé un chiffre. Quand je l'ai entendu, j'ai eu l'impression qu'un éléphant entrait dans la pièce, que les baies vitrées explosaient une à une et que l'immeuble décollait à la verticale. J'ai fait répéter la somme à la fille et là je suis sûr que la maison s'est soulevée ou qu'une horde de rhinocéros est passée sur le plancher du dessus.

— ... C'est plus cher que ma Triumph, j'ai fait.

— Oui, mais votre Triumph n'a pas appartenu à un écrivain célèbre, a minaudé la blonde avec ses grosses lèvres écarlates et en tordant les hanches.

Je venais de tout comprendre. Ce dernier mouvement de son bassin m'avait ouvert les yeux. Elle en avait trop fait, sa bouche laquée, la robe, la voix, les compliments et surtout, surtout le coup des œuvres complètes — sans doute achetées la veille. Il m'avait fallu du temps pour comprendre

je me lève

le raffinement de la mise en scène que ce chameau avait imaginé pour me plumer. Elle m'avait pris pour un lunatique bourré d'oseille, elle croyait me tenir, elle allait voir.

J'ai pris le verre de lait et je l'ai balancé de rage sur tous mes livres. Ça dégoulinait, c'était écœurant. Avec la chaleur qu'il faisait, dans moins d'une heure, mes œuvres complètes sentiraient le beurre. J'ai regardé la fille, posé le verre vide sur le bord du canapé et je suis sorti en claquant la porte.

Dans la rue, j'ai vu ma VW. Je n'avais pas le courage de lui expliquer ce qui s'était passé, là-haut. Le regard qu'elle m'a lancé quand je me suis éloigné m'a déchiré le cœur. Je l'abandonnais à une garce. Je n'avais pas le choix. Depuis son balcon, la blonde me couvrait d'insultes, elle hurlait et rameutait les gens de l'immeuble. Quand je suis monté dans la Triumph, je l'ai vue balancer tous mes livres par la fenêtre. Ils se sont dispersés au sol comme des prospectus. En démarrant, j'ai fait attention de ne pas leur rouler dessus. La voix de la fille portait loin. Malgré le raffut du six-cylindres, à l'angle de la rue, je l'ai encore distinctement entendue me traiter de tocard. Je ne pouvais pas lui donner tout à fait tort.

Trente et un

Après le dîner, Anna m'a emmené faire une promenade. Elle me parlait comme on s'adresse à un vieux, avec précaution et ménagement. C'est tout juste si elle ne me donnait pas le bras pour enjamber les trottoirs. Je ne voyais pas les gens qui nous croisaient, je ne voyais que les yeux de ma Volkswagen qui me suppliaient de ne pas la lâcher une seconde fois.

Cette nuit-là, je n'ai pas honoré ma sélection en équipe nationale. Je suis resté dans mon lit, à plat dos, errant dans les cimetières des sentiments pendant que deux somnifères creusaient des galeries de sommeil dans mon estomac.

Je me suis levé vers treize heures. Le soleil arrosait le jardin, des oiseaux s'engueulaient dans les arbres et la maison était vide. J'ai allumé la télévision et me suis assis sur le canapé. Le speaker annonçait la sortie d'un nouveau livre de Simon Mamoulian et rappelait que son dernier ouvrage avait dépassé un million d'exemplaires. Je me suis demandé à quoi pouvait bien ressembler un homme qui pouvait prétendre à de tels tirages. Ça ne devait pas être, en tout cas, un type qui perdait son temps à racheter de vieilles bagnoles. Simon Mamoulian devait avoir un coupé japonais. Les auteurs à succès ont souvent des coupés japonais. Avec mon vieux cabriolet, je ne pouvais espérer que des ventes médiocres. Non, je n'étais pas fait pour faire la course en tête. On ne peut pas gagner avec des voitures qui ont des fuites d'huile. J'ai pensé : « Si on m'offrait un coupé japonais, après tout, je saurais peut-être écrire un best-seller. »

J'ai bu un café à la va-vite et je me suis assis au bureau. J'ai pris du papier et je me suis mis à écrire. Cette fois, c'était vraiment parti, je tenais le début de mon bouquin. Je le tenais. Quand j'écrivais comme ça, avec cette hargne, je pouvais battre n'importe qui. Je pouvais travailler les yeux fermés. Les feuillets tombaient comme de la pluie. Même Mamoulian était incapable de provoquer pareil déluge. Je n'étais pas un type qui marchait à l'inspiration. Moi, je carburais à la rage, au fuel de la colère.

Toute la journée, je suis resté enfermé chez moi. Anna est passée me voir. J'avais ce même visage de forcené que lorsque j'entamais un chantier. Pour moi, un livre ou un mur c'était pareil, il fallait le bâtir, en venir à bout.

Avant de dîner, j'ai relu en vitesse ce que je venais de faire. Je ne l'ai pas jeté. C'était tellement triste que je n'ai pas eu le courage de le jeter. J'ai mangé ce qu'il y avait et, à la nuit tombée, je suis sorti dans le jardin avec une bouteille de lait. Je suis resté dans l'herbe à boire tout seul. De loin, je voyais toutes les fenêtres de la maison briller dans le noir comme les hublots d'un bateau. Je devinais Anna qui riait au téléphone, les enfants qui allaient d'une pièce à l'autre, et la musique de Jacob qui restait dans son coin. J'ai songé : « Quand tu seras mort, la maison sera exactement comme ça, rien n'aura changé. Anna et les enfants continueront à danser autour des lumières. » Je les ai enviés un long moment, et puis j'ai fermé les yeux.

Un peu plus tard, je fonçais sur la route de la côte. Les pneus chantaient des choses que n'entendrait jamais Simon Mamoulian. Je me suis arrêté à la lisière de la plage. J'ai revu la blonde aux jambes de spaghetti et mes œuvres complètes voler par la fenêtre. Je me sentais seul comme un chien pédalant dans la tempête.

J'ai regardé le ciel, choisi une étoile et pensé que, là-haut, mon père et la Karmann veillaient sur ma vie et m'aidaient. Ce soir, j'avais besoin de les sentir près de moi. En parlant à l'étoile j'ai dit, à voix basse : « Je ne vaux pas grand-chose, je ne crois en rien et, pourtant, tous les matins, je me lève. »

DU MÊME AUTEUR

**Compte rendu analytique
d'un sentiment désordonné**
Fleuve noir, 1984

Éloge du gaucher
Robert Laffont, 1987

Maria est morte
Robert Laffont, 1989
Le Seuil, « Points » n° 1486

Les poissons me regardent
Robert Laffont, 1990
Le Seuil, « Points » n° 854

Vous aurez de mes nouvelles
Robert Laffont, 1991
Le Seuil, « Points » n° 1487

Parfois je ris tout seul
Robert Laffont, 1992

Une année sous silence
Robert Laffont, 1992
et Le Seuil, « Points » n°1379

Prends soin de moi
Robert Laffont, 1993
Le Seuil, « Points » n° 315

La vie me fait peur
Le Seuil, 1994
et « Points » n° 188

Kennedy et Moi
Prix France Télévision
Le Seuil, 1996
et « Points » n° 409

L'Amérique m'inquiète
« Petite Bibliothèque de l'Olivier » n° 35, 1996

Je pense à autre chose
L'Olivier, 1997
et « Points » n° 583

Si ce livre pouvait me rapprocher de toi
L'Olivier, 1999
et « Points » n° 724

Jusque-là tout allait bien en Amérique
L'Olivier, 2002
et « Petite Bibliothèque de l'Olivier » n° 58

Une vie française
prix du roman Fnac
prix Femina
L'Olivier, 2004
et « Points » n° 1378

Vous plaisantez, monsieur Tanner
L'Olivier, 2006
et « Points » n° 1705

Hommes entre eux
L'Olivier, 2007

IMPRESSION : BRODARD ET TAUPIN À LA FLÈCHE
DÉPÔT LÉGAL: SEPTEMBRE 1995. N° 23738-7 (44740)
IMPRIMÉ EN FRANCE

Collection Points

DERNIERS TITRES PARUS

P1650. Photographies de personnalités politiques
Raymond Depardon
P1651. Poèmes païens de Alberto Caeiro et Ricardo Reis
Fernando Pessoa
P1652. La Rose de personne, *Paul Celan*
P1653. Caisse claire, poèmes 1990-1997, *Antoine Emaz*
P1654. La Bibliothèque du géographe, *Jon Fasman*
P1655. Parloir, *Christian Giudicelli*
P1656. Poils de Cairote, *Paul Fournel*
P1657. Palimpseste, *Gore Vidal*
P1658. L'Épouse hollandaise, *Eric McCormack*
P1659. Ménage à quatre, *Manuel Vázquez Montalbán*
P1660. Milenio, *Manuel Vázquez Montalbán*
P1661. Le Meilleur de nos fils, *Donna Leon*
P1662. Adios Hemingway, *Leonardo Padura*
P1663. L'avenir c'est du passé, *Lucas Fournier*
P1664. Le Dehors et le Dedans, *Nicolas Bouvier*
P1665. Partition rouge.
Poèmes et chants des indiens d'Amérique du Nord
Jacques Roubaud, Florence Delay
P1666. Un désir fou de danser, *Elie Wiesel*
P1667. Lenz, *Georg Büchner*
P1668. Resmiranda. Les Descendants de Merlin II
Irene Radford
P1669. Le Glaive de Mithra. Le Cycle de Mithra II
Rachel Tanner
P1670. Phénix vert. Trilogie du Latium I, *Thomas B. Swann*
P1671. Essences et parfums, *Anny Duperey*
P1672. Naissances, *Collectif*
P1673. L'Évangile une parole invincible, *Guy Gilbert*
P1674. L'Époux divin, *Francisco Goldman*
P1675. La Comtesse de Pimbêche
et autres étymologies curieuses
Pierre Larousse
P1676. Les Mots qui me font rire
et autres cocasseries de la langue française
Jean-Loup Chiflet
P1677. Les carottes sont jetées.
Quand les expressions perdent la boule
Olivier Marchon
P1678. Le Retour du professeur de danse, *Henning Mankell*
P1679. Romanzo Criminale, *Giancarlo de Cataldo*

P1680. Ciel de sang, *Steve Hamilton*
P1681. Ultime Témoin, *Jilliane Hoffman*
P1682. Los Angeles, *Peter Moore Smith*
P1683. Encore une journée pourrie
ou 365 bonnes raisons de rester couché, *Pierre Enckell*
P1684. Chroniques de la haine ordinaire 2, *Pierre Desproges*
P1685. Desproges, portrait, *Marie-Ange Guillaume*
P1686. Les Amuse-Bush, *Collectif*
P1687. Mon valet et moi, *Hervé Guibert*
P1688. T'es pas mort!, *Antonio Skármeta*
P1689. En la forêt de Longue Attente.
Le roman de Charles d'Orléans, *Hella S. Haasse*
P1690. La Défense Lincoln, *Michael Connelly*
P1691. Flic à Bangkok, *Patrick Delachaux*
P1692. L'Empreinte du renard, *Moussa Konaté*
P1693. Les fleurs meurent aussi, *Lawrence Block*
P1694. L'Ultime Sacrilège, *Jérôme Bellay*
P1695. Engrenages, *Christopher Wakling*
P1696. La Sœur de Mozart, *Rita Charbonnier*
P1697. La Science du baiser, *Patrick Besson*
P1698. La Domination du monde, *Denis Robert*
P1699. Minnie, une affaire classée, *Hans Werner Kettenbach*
P1700. Dans l'ombre du Condor, *Jean-Paul Delfino*
P1701. Le Nœud sans fin. Le Chant d'Albion III
Stephen Lawhead
P1702. Le Feu primordial, *Martha Wells*
P1703. Le Très Corruptible Mandarin, *Qiu Xiaolong*
P1704. Dexter revient!, *Jeff Lindsay*
P1705. Vous plaisantez, monsieur Tanner, *Jean-Paul Dubois*
P1706. À Garonne, *Philippe Delerm*
P1707. Pieux mensonges, *Maile Meloy*
P1708. Chercher le vent, *Guillaume Vigneault*
P1709. Les Pierres du temps et autres poèmes, *Tahar Ben Jelloun*
P1710. René Char, *Éric Marty*
P1711. Les Dépossédés, *Robert McLiam Wilson et Donovan Wylie*
P1712. Bob Dylan à la croisée des chemins. Like a Rolling Stone
Greil Marcus
P1713. Comme une chanson dans la nuit
suivi de Je marche au bras du temps, *Alain Rémond*
P1714. Où les borgnes sont rois, *Jess Walter*
P1715. Un homme dans la poche, *Aurélie Filippetti*
P1716. Prenez soin du chien, *J.M. Erre*
P1717. La Photo, *Marie Desplechin*
P1718. À ta place, *Karine Reysset*
P1719. Je pense à toi tous les jours, *Héléna Villovitch*
P1720. Si petites devant ta face, *Anne Brochet*

P1721. Ils s'en allaient faire des enfants ailleurs
       Marie-Ange Guillaume
P1722. Le Jugement de Léa, *Laurence Tardieu*
P1723. Tibet or not Tibet, *Péma Dordjé*
P1724. La Malédiction des ancêtres, *Kirk Mitchell*
P1725. Le Tableau de l'apothicaire, *Adrian Mathews*
P1726. Out, *Natsuo Kirino*
P1727. La Faille de Kaïber. Le Cycle des Ombres I
       Mathieu Gaborit
P1728. Griffin. Les Descendants de Merlin III, *Irene Radford*
P1729. Le Peuple de la mer. Le Cycle du Latium II
       Thomas B. Swann
P1730. Sexe, mensonges et Hollywood, *Peter Biskind*
P1731. Qu'avez-vous fait de la révolution sexuelle ?
       Marcela Iacub
P1732. Persée, prince de la lumière. Le Châtiment des dieux III
       François Rachline
P1733. Bleu de Sèvres, *Jean-Paul Desprat*
P1734. Julius et Isaac, *Patrick Besson*
P1735. Une petite légende dorée, *Adrien Goetz*
P1736. Le Silence de Loreleï, *Carolyn Parkhurst*
P1737. Déposition, *Leon Werth*
P1738. La Vie comme à Lausanne, *Erik Orsenna*
P1739. L'Amour, toujours !, *Abbé Pierre*
P1740. Henri ou Henry, *Didier Decoin*
P1741. Mangez-moi, *Agnès Desarthe*
P1742. Mémoires de porc-épic, *Alain Mabanckou*
P1743. Charles, *Jean-Michel Béquié*
P1744. Air conditionné, *Marc Vilrouge*
P1745. L'Homme qui apprenait lentement, *Thomas Pynchon*
P1746. Extrêmement fort et incroyablement près
       Jonathan Safran Foer
P1747. La Vie rêvée de Sukhanov, *Olga Grushin*
P1748. Le Retour du Hooligan, *Norman Manea*
P1749. L'Apartheid scolaire, *G. Fellouzis & Cie*
P1750. La Montagne de l'âme, *Gao Xingjian*
P1751. Les Grands Mots du professeur Rollin
       Panacée, ribouldingue et autres mots à sauver
       Le Professeur Rollin
P1752. Dans les bras de Morphée
       Histoire des expressions nées de la mythologie
       Isabelle Korda
P1753. Parlez-vous la langue de bois ?
       Petit traité de manipulation à l'usage des innocents
       Martine Chosson
P1754. Je te retrouverai, *John Irving*

P1755. L'Amant en culottes courtes, *Alain Fleischer*
P1756. Billy the Kid, *Michael Ondaatje*
P1757. Le Fou de Printzberg, *Stéphane Héaume*
P1758. La Paresseuse, *Patrick Besson*
P1759. Bleu blanc vert, *Maïssa Bey*
P1760. L'Été du sureau, *Marie Chaix*
P1761. Chroniques du crime, *Michael Connelly*
P1762. Le croque-mort enfonce le clou, *Tim Cockey*
P1763. La Ligne de flottaison, *Jean Hatzfeld*
P1764. Le Mas des alouettes, Il était une fois en Arménie
       Antonia Arslan
P1765. L'Œuvre des mers, *Eugène Nicole*
P1766. Les Cendres de la colère. Le Cycle des Ombres II
       Mathieu Gaborit
P1767. La Dame des abeilles. Le Cycle du latium III
       Thomas B. Swann
P1768. L'Ennemi intime, *Patrick Rotman*
P1769. Nos enfants nous haïront
       Denis Jeambar & Jacqueline Remy
P1770. Ma guerre contre la guerre au terrorisme
       Terry Jones
P1771. Quand Al-Quaïda parle, *Farhad Khosrokhavar*
P1772. Les Armes secrètes de la C.I.A., *Gordon Thomas*
P1773. Asphodèle, *suivi de* Tableaux d'après Bruegel
       William Carlos Williams
P1774. Poésie espagnole 1945-1990 (anthologie)
       Claude de Frayssinet
P1775. Mensonges sur le divan, *Irvin D. Yalom*
P1776. Le Sortilège de la dague. Le Cycle de Deverry I
       Katharine Kerr
P1777. La Tour de guet *suivi des* Danseurs d'Arun.
       Les Chroniques de Tornor I, *Elisabeth Lynn*
P1778. La Fille du Nord, Les Chroniques de Tornor II
       Elisabeth Lynn
P1779. L'Amour humain, *Andreï Makine*
P1780. Viol, une histoire d'amour, *Joyce Carol Oates*
P1781. La Vengeance de David, *Hans Werner Kettenbach*
P1782. Le Club des conspirateurs, *Jonathan Kellerman*
P1783. Sanglants trophées, *C.J. Box*
P1784. Une ordure, *Irvine Welsh*
P1785. Owen Noone et Marauder, *Douglas Cowie*
P1786. L'Autre Vie de Brian, *Graham Parker*
P1787. Triksta, *Nick Cohn*
P1788. Une histoire politique du journalisme
       Géraldine Muhlmann

P1789. Les Faiseurs de pluie.
L'histoire et l'impact futur du changement climatique
Tim Flannery
P1790. La Plus Belle Histoire de l'amour, *Dominique Simonnet*
P1791. Poèmes et proses, *Gerard Manley Hopkins*
P1792. Lieu-dit l'éternité, poèmes choisis, *Emily Dickinson*
P1793. La Couleur bleue, *Jörg Kastner*
P1794. Le Secret de l'imam bleu, *Bernard Besson*
P1795. Tant que les arbres s'enracineront
dans la terre et autres poèmes, *Alain Mabanckou*
P1796. Cité de Dieu, *E.L. Doctorow*
P1797. Le Script, *Rick Moody*
P1798. Raga, approche du continent invisible, *J.M.G. Le Clézio*
P1799. Katerina, *Aharon Appefeld*
P1800. Une opérette à Ravensbrück, *Germaine Tillion*
P1801. Une presse sans Gutenberg,
Pourquoi Internet a révolutionné le journalisme
Bruno Patino et Jean-François Fogel
P1802. Arabesques. L'aventure de la langue en Occident
Henriette Walter et Bassam Baraké
P1803. L'Art de la ponctuation. Le point, la virgule
et autres signes fort utiles
Olivier Houdart et Sylvie Prioul
P1804. À mots découverts. Chroniques au fil de l'actualité
Alain Rey
P1805. L'Amante du pharaon, *Naguib Mahfouz*
P1806. Contes de la rose pourpre, *Michel Faber*
P1807. La Lucidité, *José Saramago*
P1808. Fleurs de Chine, *Wei-Wei*
P1809. L'Homme ralenti, *J.M. Coetzee*
P1810. Rêveurs et nageurs, *Denis Grozdanovitch*
P1811. - 30°, *Donald Harstad*
P1812. Le Second Empire. Les Monarchies divines IV
Paul Kearney
P1813. Été machine, *John Crowley*
P1814. Ils sont votre épouvante, et vous êtes leur crainte
Thierry Jonquet
P1815. Paperboy, *Pete Dexter*
P1816. Bad city blues, *Tim Willocks*
P1817. Le Vautour, *Gil Scott Heron*
P1818. La Peur des bêtes, *Enrique Serna*
P1819. Accessible à certaine mélancolie, *Patrick Besson*
P1820. Le Diable de Milan, *Martin Suter*
P1821. Funny Money, *James Swain*
P1822. J'ai tué Kennedy ou les mémoires d'un garde du corps
Manuel Vázquez Montalbán

P1823. Assassinat à Prado del Rey et autres histoires sordides
       Manuel Vázquez Montalbán
P1824. Laissez entrer les idiots. Témoignage d'un autiste
       Kamran Nazeer
P1825. Patients si vous saviez, *Christian Lehmann*
P1826. La Société cancérigène
       Geneviève Barbier et Armand Farrachi
P1827. La Mort dans le sang, *Joshua Spanogle*
P1828. Une âme de trop, *Brigitte Aubert*
P1829. Non, ce pays n'est pas pour le vieil homme
       Cormack Mc Carthy
P1830. La Psy, *Jonathan Kellerman*
P1831. La Voix, *Arnaldur Indridason*
P1832. Les Nouvelles Enquêtes du juge Ti, vol. 4
       Petits meurtres entre moines, *Frédéric Lenormand*
P1833. Les Nouvelles Enquêtes du juge Ti, vol. 5
       Madame Ti mène l'enquête, *Frédéric Lenormand*
P1834. La Mémoire courte, *Louis-Ferdinand Despreez*
P1835. Les Morts du Karst, *Veit Heinichen*
P1836. Un doux parfum de mort, *Guillermo Arriaga*
P1837. Bienvenue en enfer, *Clarence L. Cooper*
P1838. Le Roi des fourmis, *Charles Higson*
P1839. La Dernière Arme, *Philip Le Roy*
P1840. Désaxé, *Marcus Sakey*
P1841. Opération vautour, *Stephen W. Frey*
P1842. Éloge du gaucher, *Jean-Paul Dubois*
P1843. Le Livre d'un homme seul, *Gao Xingjian*
P1844. La Glace, *Vladimir Sorokine*
P1845. Je voudrais tant revenir, *Yves Simon*
P1846. Au cœur de ce pays, *J.M. Coetzee*
P1847. La Main blessée, *Patrick Grainville*
P1848. Promenades anglaises, *Christine Jordis*
P1849. Scandales et folies.
       Neuf récits du monde où nous sommes, *Gérard Mordillat*
P1850. Un mouton dans la baignoire, *Azouz Begag*
P1851. Rescapée, *Fiona Kidman*
P1852. Le Sortilège de l'ombre. Le Cycle de Deverry II
       Katharine Kerr
P1853. Comment aiment les femmes. Du désir et des hommes
       Maryse Vaillant
P1854. Courrier du corps. Nouvelles voies de l'anti-gymnastique
       Thérèse Bertherat
P1855. Restez zen. La méthode du chat, *Henri Brunel*
P1856. Le Jardin de ciment, *Ian McEwan*
P1857. L'Obsédé (L'Amateur), *John Fowles*
P1858. Moustiques, *William Faulkner*
P1859. Givre et sang, *John Cowper Powys*
P1860. Le Bon Vieux et la Belle Enfant, *Italo Svevo*